「青べか物語」の舞台　浦安で

昭和35年10月（林 忠彦 撮影）

泣き言は云はない

山本周五郎

中央公論社版チェーホフ全集別巻『チェーホフの思い出』の中に書き込まれた著者の言葉

新潮文庫

泣き言はいわない

山本周五郎著

新潮社版

5361

目次

一章　誇り高く生きる

二章　ひとり重荷を負って

五章　人と人の世の中

編集・構成　小林伸一

＊引用文が小説の場合は――　――、エッセイの場合は〈　〉と表記して区別した。

泣き言はいわない

一章　誇り高く生きる

一歩ずつの人生

「なにごとにも人にぬきんでようとすることはいい、けれどもな、人の一生はながいものだ、一足跳びに山の頂点へあがるのも、一歩、一歩としっかり登ってゆくのも、結局は同じことになるんだ、一足跳びにあがるより、一歩ずつ登るほうが途中の草木や泉や、いろいろな風物を見ることができるし、それよりも一歩、一歩を慥《たし》かめてきた、という自信をつかむことのほうが強い力になるものだ」

——ながい坂——

❖

人間は無意味に生れて来たのではない。現実はいま誤った方向へ動いているが、その支配からぬけだして、本来の生き方にかえれば、充実した意義のある人生を、摑《つか》むことができる。

——山彦乙女——

他《ほか》の千万人にとっては些細《ささい》なことでも、或《あ》る一人にとっては一生を左右するような場合がある。

——あだこ——

「人生は相撲なのだ、家主や商人どもはつづめて云えば身長体重共に君より勝っている力士と云うに過ぎぬ、君は非力で軽量で技が無い力士だ、しかし相撲が土俵に登る場合にそんな条件の差でへこたれて居られるか。堂々と闘うべし、勝負は身長や体重で決するのではない、闘って闘って闘いぬく胆《はら》だ」

——荒凉の記——

「人間が生れてくるということはそれだけで荘厳だ。しかしもしその生涯《しょうがい》が真実から踏み外れたものなら、その生命は三文の価値もない、狡猾《こうかつ》や欺瞞《ぎまん》はその時をごまかすことはできても、百年歴史の眼をもってすれば狐《きつね》の化けたほどにも見えはしないぞ。大臣大将の位に昇るものは星の数ほどあるが、青史に名を残した人物がどれだけあった……」

——夜明けの辻《つじ》——

◈

「人間の一生には晴れた日も嵐の日もあります、どんなに苦しい悲惨な状態も、そのまま永久に続くということはありません」

——人情裏長屋——

◈

人はいろいろ考えたり悩んだりする。仕事に意義をみいだしたり無意義だと思ったり、希望に燃えたり絶望したりする。が、人は生き、人は死ぬ。そしてなにものもそれを易《か》えることはできない。

〈断片――昭和二十五年のメモより〉

◈

人間の歴史は徒労の歴史である。あらゆる人間がなにごとか為《な》しつつ、為したことはすべて滅亡し去る。そして宗教的想念によって、生の意義を認めようとするほど、人間はそのことをよく知っている。
――それゆえに生きることが大切になる。

〈断片――昭和二十五年のメモより〉

◈

「――人生は反逆だよ。すべての既成概念に反逆することだ、既に在るものは燃焼した灰さ、生きるということは創造だからね」

――火の杯《さかずき》――

人間は誰でも、一生に一度は花咲く時期をもつ。

――松風の門――

人生は教訓に満ちている。しかし万人にあてはまる教訓は一つもない。殺すな、盗むなという原則でさえ絶対ではないのだ。

――赤ひげ診療譚《しんりようたん》――

心に傷をもたない人間がつまらないように、あやまちのない人生は味気ないものだ。

――橋の下――

「この世に生きている以上さむらいには限らない、人間はみんな自分や自分の家族の他にも負わなければならない責任と義務をもっている」

——花筵《はなむしろ》——

人間らしく生きる

「生きることはむずかしい、人間がいちど自分の目的を持ったら、貧窮にも屈辱にも、どんなに強い迫害にも負けず、生きられる限り生きてその目的をなしとげることだ、それが人間のもっとも人間らしい生きかただ、ひじょうに困難なことだろうがね」

——天地静大——

❖

「人間の軀はなまみだ、軀は生きている、なまみの軀から逃げだすことはできやしない、——軀が生きているということを、認める勇気のある者だけが、人間らしく生きることができるんだ」

——栄花物語——

人の生きかたに規矩《きく》はない。ひとりひとりが、それぞれの人生を堅く信じ、そのほかにも生きる道があろうなどとは考えもせず、満足して死を迎える者が大多分であろう。

——ながい坂——

❖

「人間は生れや育ちは問題じゃない、生れや育ちよりも、いまなにをするか、これからなにをしようとしているか、ということが大事なのだ」

——花も刀も——

❖

人間はいかに多くの経験をし、その経験を積みあげても、それで自分を肯定したり、満足することはできない。

——現在ある状態のなかで、自分の望ましい生きかたをし、そのなかに意義をみいだしてゆく、というほかに生きかたはない。

――山彦乙女――

❖

「じっさい、人が晩年になってから、自分の生き方は間違っていた、自分にはもっとほかの生き方があったのだ、そう思うくらい悲惨なことはありませんからね、だって是れだけはどうしたってやり直すことができないんですから」

――新潮記――

❖

人間にとって大切なのは「どう生きたか」ではなく「どう生きるか」にある。

――二十三年――

❖

「人間には誰しも自分の好みの生き方がある、誰それと結婚したい、庭の広い家に住みたい、金の苦労をしたくない、美しい衣裳《いしよう》が欲しい、優雅に暮したい、——だが大多数の者はその一つをも自分のものにすることが出来ずに終ってしまう、それが自然なんだ、なぜなら総ての人間が自分好みに生きるとしたら、世の中は一日として成立ってはゆかないだろう、人間は独りで生きているのではない、多くの者が寄集まって、互いに支え合い援け合っているのだ」

——山茶花帖《さざんかちよう》——

◈

人はときによって、いつも自分の好むようには生きられない。ときには自分の望ましくないことにも全力を尽さなければならないことがあるものだ。

——ながい坂——

人間のすることには限度がある。どんなに能力のあるだけを注入しても、それで万全だという状態はないと思う。

――おごそかな渇き――

◈

「人間にはいろいろな型があり生きかたがある、たいていは矯正《きょうせい》してゆけるものだが、ときにはそれができず、自分で自分にひきずられてゆく者もある、そこが世の中の面白《おもしろ》いところかもしれないがね」

――ながい坂――

◈

人間が大きく飛躍する機会はいつも生活の身近なこと、、のなかにある。

――尾花川――

人間のすることなどたかの知れたものだとか、この世でおこなわれていることはみな道化芝居だとか、――人間は少しばかり成長すると、すぐにそんなえらそうなことを云いたがる、お笑いぐさであり、道化芝居かもしれない。しかし人間は生きてたたかってきたし、これからも生きてたたかってゆかなければならない。お笑いぐさと云われるようなわざを積み重ねるところにこそ、人間の人間らしい生活をたかめてゆく土台があるんだ。

――ながい坂――

「自分の妻や、子や、親や兄弟たち、暮し慣れた住居や仕合せな生活は、どんな人間にも大切だ、それを毀したり失ったりすることは誰にだって辛《つら》い、然しそういうものが大切であればあるほど、その秩序が紊《みだ》れたり破壊されたりすることは防がなければならない、どんなに小さく見積ってもそれは人間ぜんたいの義務だ」

——花筵——

闘いつづける勇気

「この世はなにもかも闘いだ、相手をたたきふせるか自分がたたきふせられるか、どちらか一つだ、自分を信じ、自分を強くしろ、世評などに惑わされて人を信ずるのは、それだけですでに敗北者だ、しっかりしろ」

――樅《もみ》ノ木は残った――

◈

貪欲《どんよく》や不義不正や、貧困やみだらな肉欲の争いが絶えないとしたら、それがそのまま人間生活というものではないだろうか。清潔で汚《けが》れのない世界は空想だけのもので、そういう汚濁の中でこそ、人間は生きることができ、なにかを為《な》そうという勇気をもつのではないか。

――おごそかな渇き――

「人間が正しく生きるためには勇気が必要であります」

――寝ぼけ署長――

◈　◈

生きることには、よろこびもある。好ましい住居、好ましく着るよろこび、喰《た》べたり飲んだりするよろこび、人に愛されたり、尊敬されたりするよろこび。――また、自分に才能を認め、自分の為《な》したことについてのよろこび。生きることには、たしかに多くのよろこびがある。けれども、あらゆる「よろこび」は短い、それはすぐに消え去ってしまう。それはつかのま、われわれを満足させるが、驚くほど早く消え去り、そして、必ずあとに苦しみと、悔恨をのこす。

人は「つかのまの」そして頼みがたいよろこびの代りに、絶えまのない努力や、苦しみや悲しみを背負い、それらに耐えながら、やがて、すべてが「空しい」ということに気がつくのだ。

——樅ノ木は残った——

「人間は生きている限り、飲んだり食ったり、愛したり憎んだりすることから離れるわけにはいかないものだ、どんなに大きな悲しみも、いつか忘れてしまうものだし、だからこそ生きてもゆかれるんだ」

——栄花物語——

❖

「人間には視《み》る聴く味わう触れる嗅《か》ぐの五つの感覚がある、この五つを毎《いつ》も満足させるところに生きている証拠がある、その満足もできるだけ美しく、鋭く、あまく、酔えるものでなくてはいけない、一つの感覚をも休ませたり遊ばせたりしていては生きているとは云えない、——人間はいつか死んでしまう、金殿玉楼を建てても巨万の富を積んでも、大臣関白の栄《えい》爵《しゃく》にのぼっても、いつかは必ず死んでしまう、それならいのちのあるうちにできるだけ満足して生きなければならない、できるだけ満足して、一日も一時《いっとき》もむだにしないように、充分に五つの感覚を満足させて、その他に価値のあるものはなに一つない、そのためにはなにもかも投棄てふみにじっていいんです」

——花筵——

❖

攻める力はいつも、守る力に先行する。攻め口がわかるまでは、守る手段も立てられない。

——ながい坂——

❖

「この世で経験することは、なに一つ空《むな》しいものはない、歓びも悲しみも、みんな我々によく生きることを教えてくれる。……大切なのはそれを活かすことだけですよ」

——花匂う——

意志のちから

人間の本性にはいろいろの悪があるけれども、同時に悔恨や慈悲、反省や自制心もある。にもかかわらず、破壊と大量殺人が繰返されるのは、人間の意志が、なにか説明することのできない未知のちからに支配されている、と考えるほかはないのではないか。

——おごそかな渇き——

◈

人間はしばしば、見ることのできない、なにかの力、なにかの意志、といったものに支配されることがある。

——樅ノ木は残った——

「人間は一生にいちどは断乎《だんこ》たる行動をとるべきだ」

――彦左衛門外記――

❖

積極的な意志を伴わない善は却って人を毒する。

――火の杯――

❖

人間がこれだけはと思い切った事に十年しがみついていると大抵ものになるものだ。

――花筵――

❖

人間は意志によって行動する動物だという。たいそう乙な定義であり、一面そのとおりかもしれないが、いつもそうとばかりは限らないし、肉躰《にくたい》や本能の支配に負けた結果、あとで臍《ほぞ》を噛《か》むどころか、足の踵《かかと》でも噛みたくなるほど後悔することも、決して稀《まれ》ではないようだ。

——彦左衛門外記——

◈

人間はいつも意志によって行動するものではない。

——季節のない街——

◈

肉体の力というものには限度がある。人に依《よ》って多少の差はあろうが、力を出し切ったという状態は永続するものではない。然し精神の力がこれに加わると、体力は屢々《しばしば》驚くべき飛躍をしてその限度を遥《はるか》に超越するものだ。

——藤次郎の恋——

平生おとなしい人間ほど、いざとなると思いきったことをするものだ。

――樅ノ木は残った――

❖

「腫物《はれもの》を切開するときには、思いきって、一遍にやるものだ、なし崩しにやっても痛みが減りはしない、恥ずかしいおもいも一遍にしてしまえ、そうすればさっぱりする」

――葦《あし》は見ていた――

❖

「虫の付いた樹《き》はいちど根から伐《き》るがいい、そうすればひこ生えの出ることもあるし、そうでなくとも、立ち腐れにしておくよりさっぱりするだろう」

――水たたき――

希望と絶望

「この闇夜には灯《ひ》が一つあればいい、だがわれわれにはその一つの灯さえもない」

――樅ノ木は残った――

❖

見た眼に効果のあらわれることより、徒労とみられることを重ねてゆくところに、人間の希望が実るのではないか。

――赤ひげ診療譚――

❖

「世の中は絶えず動いている、農、工、商、学問、すべてが休みなく、前へ前へと進んでいる、それについてゆけない者のことなど構ってはいられない、——だが、ついてゆけない者はいるのだし、かれらも人間なのだ、いま富み栄えている者よりも、貧困と無知のために苦しんでいる者たちのほうにこそ、おれは却《かえ》って人間のもっともらしさを感じ、未来の希望が持てるように思えるのだ」

——赤ひげ診療譚——

❖

人間は逆境に立って、将来の希望も失われると、現実には存在しない、なにか不易なものを求めたくなるのだろう。

——天地静大——

❖

絶望は毒の如く甘い。

〈断片——昭和二十五年のメモより〉

❖

「絶望」は人間だけがもつことのできる黄金である。同じ意味で「酒」とよく似ている。

〈断片――昭和二十五年のメモより〉

◈

人間は「絶望」し絶望から脱け出るたびに高められる。

〈断片――昭和二十五年のメモより〉

運命について

人は大きな不幸に当面するとしばしば運命ということを考えるものだ。

——蜜柑畑《みかんばたけ》——

❖

踏み削られ、形を変え、しだいに小さくなってゆく。それがここにあるこの岩の、どうにもならない運命だ。どんなにもがいてもその枠《わく》からぬけ出ることはできない。人間にも同じような運命からぬけ出ることができず、その存在を認められることもなく、働き疲れたうえ、誰にも知られずに死んでゆく者が少なくないだろう。

——おごそかな渇き——

❖

実に些細《ささい》なつまらぬ原因から、その人の運命をがらりと変えてしまうような事が世間にはよくあるものだ。

——檜術年代記——

❖

「人間はみんながみんな成りあがるわけにはいきゃあしない、それぞれ生れついた性分があるし、運不運ということだってある」

——ちゃん——

❖

「にんげん生きているうちは、終りということはないんだな」

——おさん——

❖

どんな過でも、この世で取り返しのつかぬことはない。人間はみな弱点を持っている。誰にも過失はある、幾度も過を犯し、幾十度も愚かな失敗をして、そのたびに少しずつ、本当に生きることを知るのだ。それが人間の、持って生れた運命なのだ。

——五月雨《さみだれ》日記——

さむらいの生き方

「さむらいの生き方のきびしさは、きびしさが常のものになりきることだ、そうなってはじめて身命を捧げる一念が不動のものとなる」

——兵法者——

◈

「さむらいの奉公は御しゅくんに身命を捧げるところから始まる、だが身命を奉るということはなまやさしい問題ではない、その覚悟が家常茶飯のなかに溶けこみ、まったく常のものになりきっていなければ、その時に当面しても『死ぬ』ことはできないであろう」

——兵法者——

「いかに堅固な城に拠《よ》ればとてたたかいに勝つとはきまるまい、余るほどの武器、精鋭すぐった大軍をもっても、負けいくさになるためしは数々ある。城にたよる者は城によって亡《ほろ》びる、武器にたよる者は武器によってやぶれる、大切なのは城でも武器でもなく、それをもちいうごかす人の心にあるのではないか、十万百万の兵も烏合《うごう》の衆では足なみも揃《そろ》うまい、これに対して一騎当千と申す言葉がある、これはその人の強さではなく、たたかう心のあらわれを申すものだと思う、その心のあらわれが、軍《いくさ》の運をきめるのではないか」

——笄堀《こうがいぼり》——

◈

「武士が武士らしく生きるには、泰平ほどむずかしく困難なのだ」

——一領一筋——

◈

「戦場では幾十百人となく討死をする、誰がどう戦ったか、戦いぶりが善かったか悪かったか、そういう評判は必ずおこるものだ、なかにはそういう評判にものぼらず、その名はもとより骨も残さず死ぬ者さえある、もののふの壮烈さはそこにあるのだ」

——一人《いちにん》ならじ——

◈

「武士が刀を抜く場合は二つしかない、その一は御奉公のため、その二は自分の武道の立ちがたい恥辱をうけたときだ、そしてどちらの場合にも抜くからには絶対である、必ず相手を斃《たお》さなくてはならぬし、おのれの死も免れない」

——ゆだん大敵——

「さむらいも人間である以上、いかに身を慎しんでも生涯に過失なしということは望みがたい、けれども二つだけは赦《ゆる》すことのできぬものがある。一つは盗みをすること、一つは死にどきを見誤まることだ、この二つは武士としてゆるすことのできぬものだ」

——御定法——

❖

「さむらいとは『おのれ』を棄《す》てたものだ、この五躰《ごたい》のいかなる隅《すみ》にも我意をとどめず、御しゅくんのため藩家のため国のために、いつなんどきでも身命をなげいだす者のことを云う、生死ともに自分というものはない、常住坐臥《ざが》、その覚悟を事実の上に生かしてゆくのがさむらいの道だ」

——壺《つぼ》——

❖

❖

「いつなんどきたりとも身命を捧げる一念に生きる、これがさむらいの道だ」

——兵法者——

◈

「一身一命を捧げると口では易く云う。御しゅくんのため、藩国のためにはいつなんどきでも死ぬ覚悟だ、口では誰もそう云うが、家常茶飯《かじょうさはん》、事実のうえでその覚悟を活かすことはむずかしい。昨夜そこもとは身命を上に捧げたといった、その言葉に嘘はないだろう、覚悟もたしかなものに違いない。だが実際にはその覚悟を活かしていなかった、……他人に指摘されて、急いで始末をしなければならぬような物を、身のまわりに溜《た》めて置いた、死後に発見されては身の恥になるような物をさえ始末もせず、ただ覚悟だけいつ死んでもよいと決めたところでから念仏にすぎない、そうではないか」

——ゆだん大敵——

主人公たちの名セリフ(一)

「毒草から薬を作りだしたように、悪い人間の中からも善きものをひきだす努力をしなければならない、人間は人間なんだ」
——「赤ひげ診療譚」新出去定——

❋

「人間には意地わるな者もいるし親切な者もいる、親切な者はみんなに好かれるが、意地わるな者は世間からも嫌《きら》われる、そういう性分に生れついた者は、どこでもたいてい嫌われるものだ、そういう者こそ、親切にしてやらなければいけないんじゃあないだろうか、あいつはいやなやつだ、意地わるな人間だときめてしまうのは、可哀そうだと思うがね、——一度みんなで話しあってごらん、人間の一生はそうながくはない、憎んだり嫌ったりするような時間はあまりないんだよ」

――「ながい坂」三浦主水正《もんどのしょう》――

❋

「物に表と裏がある以上に、人間にもそれぞれひなたと日陰がある、世の中そのものが複雑でむずかしいから、人間もきれいにばかりはなかなか生きられない、厳しいせんさくをすれば、誰にも少しは醜い厭《いや》な部分があるものです。それが現実だということを考えていらっしゃい。余り美しい夢を期待すると裏切られるかも知れません」

――「花匂う」瀬沼直弥――

❋

「人間が善良であることは決して美徳じゃあないぜ、そいつは毀《こわ》れ易い装飾品のようなもので、自分の良心を満足させることはできるが、現実にはなんの役にも立たない、そのうえ周囲の者にいつも負担を負わせるんだ」

——「栄花物語」青山信二郎——

❋

「おれは悪評されだしてからだいぶ成長した。これまで褒められてばかりいたし、江木にも古武士の風格があるなどと云われて、自分では気づかずにいいつもりでいた。だが、悪く云われだしてから初めて、その『いいつもりでいた』自分に気がついた。それだけでも成長だし、これからも成長するだろう、悪評の続く限りおれは成長してみせるよ」

——「四日のあやめ」五大主税介《ごだいちからのすけ》——

❋

「自分は冷酷な情を知らぬ人間だと云われた、専制、暴戻と罵《ののし》られたが、おかげで却《かえ》って仕事はしよかった、そういう名が付けば付くだけ無理が押せるし、責任を他の者に分担させる必要がなかったから」

——「晩秋」進藤主計《かずえ》——

＊

「自分が傷つかぬ限り、人間は他の痛みを感じない、自分が飢えるまでは、他人の飢えには無関心な人間が多いのです」

——「正雪記」由井正雪——

＊

「大切なのは為す事の結果ではなくて、為さんとする心にあると思います。その心さえたしかなら、結果の如何は問題ではないと信じます」

——「新潮記」早水秀之進——

＊

「人の生活は頭で考えるようにゆくものではない、しかし、考えなしにやればなにごとでもできはしない、考えたことの万分の一でも、実際に生かしてゆくのが本当の生活だと思う」

――「天地静大」杉浦透――

❋

「いかなる真実も、人の口に伝われば必ず歪《ゆが》められてしまう」

――「樅ノ木は残った」原田甲斐《かい》――

二章　ひとり重荷を負って

人間という存在

人間ほど尊く美しく、清らかでたのもしいものはない。だがまた人間ほど卑しく汚らわしく、愚鈍で邪悪で貪欲《どんよく》でいやらしいものもない。

——赤ひげ診療譚《しんりょうたん》——

◈

人間はみんな変る。伸びてゆく者もあり外れたり倒れたりする者もある。決して同じ状態に停っていることはない。しかも人間はいつも変らない状態を求める。

——火の杯《さかずき》——

◈

人間が心をむきだしにするときは、善悪にかかわらず恐しい力を現すものだ。

——夜明けの辻《つじ》——

◈

「人間というやつは、いま死ぬというどたん場にならないと、気のつかないことがいろいろある」

——おたは嫌いだ——

◈

「綿密に計算され一分の隙もないように仕組まれたものは、その綿密さのため、逆に多くの目こぼしを残すものです、人間のする事で完璧《かんぺき》なものは決してありません」

——ながい坂——

◈

いちど本音を吐いてしまえば人間案外に胆《きも》が据《す》わる。

「まだ自分の知らないことを考えると、恐ろしいような、いやらしいような、きたならしいように感じるものさ、そのくせ、そういう未知のものごとに、触れてみたがるのが人間っていうやつさ」

――夜明けの辻――

――へちまの木――

❖

「自分の傷が痛いから、人の傷の痛さもわかるんだ」

――釣忍《つりしのぶ》――

❖

人を感動させることはやさしい。
人を心から怒らせることは難い。

〈断片―昭和二十五年のメモより〉

❖

人間は、いつも純粋でいることはむずかしい。

——おれの女房——

◈

人間は条件に左右されてはならない。

——花も刀も——

◈

人間は環境と条件によって、いつどう変るかわからないものである。棺の蓋をするまで批判はできない。

——いさましい話——

◈

人間はときどき、自分が万象と一体となった、という霊気のようなものを感じることがあるものだ。

――彦左衛門外記――

◈

「人間は妙なもので、勝利が自分のものと定《き》められると気が弱る」

――風雲海南記――

◈

「よくつきつめてみると、人間ってものはみんな、自分のゆく道を捜して、一生迷いあるく迷子なんじゃないだろうか」

――へちまの木――

◈

人間は他に対してはうまいことが云える。しかし自分のことになると途方にくれるものだ。

――火の杯――

「どんなに賢くっても、にんげん自分の背中を見ることはできないんだからね」

――さぶ――

人間の云うことや行動は、かなり桁外《けたはず》れにみえても、たいていどこかでつじつまが合っているものだ。

――季節のない街――

悲しいさが

「人間の悲しいのは、あとになって自分がばかなことをしたと気づくことだ、けものはそんなことに気づきゃあしないがね」

——五瓣《べん》の椿《つばき》——

◈

「——世間からはみだし、世間から疎《うと》まれ嫌われ、憎まれたり軽侮されたりする者たちは、むしろ正直で気の弱い、善良ではあるが才知に欠けた人間が多い、これがせっぱ詰まった状態にぶっつかると、自滅するか、是非の判断を失ってひどいことをする、かれらにはつねにせっぱ詰まる条件が付いてまわるし、その多くは自滅してしまうけれども、やけになって非道なことをする人間は、才知に欠けているだけにそのやりかたも桁外《けたはず》れになりがちだ」

「人間なんて哀れな、つまらないようなもんだ、あくせく稼《かせ》いでも、運の悪いものは一生貧乏に追われどおしだし、金を儲《もう》けて贅沢《ぜいたく》をしてみたところで限りがある、将軍さまだって寐《ね》るひろさは定《きま》ってるだろうし、ひとかたけに十人前は喰べられやしない、同じ仕事を同じように繰り返して、右往左往して、そして老いぼれて、死んでしまうんだ」

——赤ひげ診療譚——

❖

——並木河岸——

「人間って悲しくなくっても、ときどき泣かないと躯に悪いんじゃないでしょうか」

❖

——いしが奢《おご》る——

「人間にはそれ相応の知恵も思慮もあるのに、いつも愚かなあやまちをおかし、あとになってそのために苦しんだり後悔したりする、そのために一生を棒に振るようなあやまちをおかしながら、やっぱりまたあやまちをおかしてしまう、ばかなものだ、じつに人間なんてばかなものだ」

——天地静大——

❖

「あやまちを犯す人間は、たいてい責任をひとになすりつけるものだ」

——醜聞——

❖

「どんなに激しい憎みでも、憎むことだけでは生きてはゆかれない、愛情だけで生きることができないように、一つ感情だけで生きとおすことはできないようです」

❖

「あとになってから、あのときああしてやればよかったと、悔むようなことが誰にでもある、それがまた、人間の人間らしいところではあるだろうがね」

——霜柱——

◈

「人間が何事か意義ある事業を成すためには、必ずそれに相当する犠牲を払わなければならない」

——季節のない街——

◈

「いくら約束したって、人間は証文じゃありません、生身《なまみ》ですからね」

——椿説《ちんせつ》女嫌い——

◈

——天地静大——

「人間がけんめいになってやる事の九割までは無意味なものだ」

――花杖記《かじようき》――

◈

持って生れた性分というやつは面白い。こいつは大抵いじくっても直らないもののようである。

――主計《かずえ》は忙しい――

◈

人間はよき指導によってよくなるのでも、悪くなるのでもない。それは一人ひとりの欲望によるのだ。

――おごそかな渇き――

◈

「人間はね、食欲とさ、異性相慕《いせいそうぼ》の情とで生きているんだよ、権勢欲とか名誉欲とか、その他もろもろの欲望は従属的なものでさ、根本はこの二つなんだよ、つまり人間はぎりぎりのところ、その二つの欲望で生きるんだよ、歴史もその二つの欲望のためにある、いや世の中のありとあるものがそのために存在するんだねえ」

――楽天旅日記――

◈

欲と愛情、どちらも度が過ぎると身を誤るもとになる。

――正雪記――

◈

「酒も遊びも、そのものは決して悪くはない、それが習慣になることが悪いのだ」

――茶摘《ちゃつみ》は八十八夜から始まる――

◈

たいていの人間が、一生にいちどは放蕩《ほうとう》にとらわれるものだ。同時に、その大部分の者がそこから無事にぬけだし、ちょうど病気の恢復《かいふく》したあと、しばしば以前よりも健康になる例があるように、放蕩の経験のない者よりもはるかにしっかりした、堅実な人間になる場合が少なくない。けれども、放蕩に溺《おぼ》れて、どうしてもそこからぬけだせない人間もある。幾たびぬけだしても、すぐにまた引戻されてしまい、ついには自分もほろび、周囲の者をも不幸にする、という人間があるのだ。

——虚空遍歴《こくうへんれき》——

弱さを生きる

人間は弱い。あやまちを犯し失敗を繰返す。傷つき泥まみれになる。然しその血を拭い泥を払って、幾たびでも強く立直るちからも持っている。

——青嵐——

◈

人間はどこまでも人間であり、弱さや欠点をもたない者はない。ただ自分に与えられた職に責任を感じ、その職能をはたすために努力するかしないか、というところに差ができてくるだけだ。

——ながい坂——

◈

「あやまちのない人生というやつは味気ないものです、心になんの傷もたない人間がつまらないように、生きている以上、つまずいたり転んだり、失敗をくり返したりするのがしぜんです、そうして人間らしく成長するのでしょうが、しなくても済むあやまち、取返しのつかないあやまちは避けるほうがいい」

——橋の下——

◈

「人間は弱点の多いものだ。みんなそれぞれ過を犯している。しかしそれが弱点であり過であると知ったら、大悟一番、はじめからやり直すときだ……世間の評判などは良くも悪くも高が知れている。そんなものは吹き過ぎる風ほどの値打もない。大切なのは自分の生命いっぱいに生きることだ。真実のありどころを見はぐらないことだ」

——夜明けの辻——

◈

「人間は弱いもんだ、気をつけていても、ひょっと隙があれば、自分で呆《あき》れるようなまちがいをしでかす、だれかれと限らない、人間にはみんなそういう弱いところがあるんだ」

——寒橋——

◈

「人間は弱いものだ、罪を犯した者が、その罪を隠蔽《いんぺい》するために重ねて罪を犯す、……初めに犯した罪をつぐなう勇気のない者は、必ず次ぎ次ぎと、段々に重く、大きな罪を重ねてゆく、そこに弱い人間の悲しさがあるんだ」

——はたし状——

◈

「人間にもそれぞれ弱点がある、醜い、いやらしい面が誰にだってあるものです、苦しみや悲しみや、醜さやいやらしいことを経験し、そういうものに鍛えられて、はじめて人間はおとなになってゆくんです」

——艶書《えんしょ》——

「人間は弱いもので、欲望や誘惑にかちとおすことはむつかしい、誰にも失敗やあやまちはある、そういうとき互いに支えあい援助しあうのが人間同志のよしみだ」

――藪《やぶ》の蔭《かげ》――

❖

「人間はもともと弱いものだし、力のあらわれは一様ではない、鉄石の強さも強さ、雪に折れない竹の撓《たわ》みも強さだ」

――樅《もみ》ノ木は残った――

❖

「人間はそれぞれ弱いところや痛いところをもっている、お互いに庇《かば》いあい助けあってゆくのが本当だ」

――むかしも今も――

❖

逆境のなかで

みんなが重い荷を負っている。境遇や性格によって差はあるが、人間はみなそれぞれなにかしら重荷を負っている、生きてゆくということはそういうものなんだ、そして道は遠い……。

互いに援《たす》けあい力を貸しあってゆかなければならない、互いの劬《いたわ》りと助力で、少しでも荷を軽くしあって苦しみや悲しみを分けあってゆかなければならない。自分の荷を軽くすることは、それだけ他人の荷を重くすることになるだろう。道は遠く、生きることは苦しい、自分だけの苦しみや悲しみに溺《おぼ》れていてはならない。

――つばくろ――

「人の一生はながく、つねに平穏無事ではない、静かな春もあれば、夏の熱暑もある、道は嶮《けわ》しく、風雪は荒いと思わなければならない、この世は花園ではないのです」

――竹柏記《ちくはくき》――

❖

人間の一生は、思わぬ災厄や悲嘆や、困苦なしには済まないらしい。

――雨の山吹――

❖

多くの患難を経ざる人間は慶福をもたらすことが出来ない。

〈断片――昭和二十五年のメモより〉

❖

「人間の歴史は徒労の歴史だ、生れて来て、なにかをして、死んでゆく、……なにかこのことに意味があるか、……ありそうだ、なければならない、われわれは感ずることができるし思考することができる、象《かたち》のないもの現実には見えないものの存在をも識《し》ることができる、……天地自然を支配するおごそかな意志があって、それが人間に植物や動物には無い大きな能力を与えているようだ、……なんのためだろう、おごそかなその至高の意志は、なんのために人間にそういう能力を与えたのか、……幾千年も昔から、われわれは絶えずその意味を知ろうと努めて来た、至高の意志は人間になにを求めているか、人間はなにを為《な》すべきなのか、……いろいろな方法でそれを知ろうとし、そのためにあらゆる努力をして来た、それがわかれば、人間が生きることの意義もわかる、わかりたい、わからなければならぬ苦だ、われわれには眼に見えないものの存在をも感ずることができるのだから、……こうして努力に努力を積み重ねて来た、苦しみ、悩み、多くの血も流して来た、だがわからない、なにもわからない、――はっきりわかることは、曾《かつ》て在ったもの、現に在るもの、すべてがいつかは消滅してしまうということだ、なにもかも、いつかは灰になり塵《ちり》になってしまう。――悲惨なほどの苦しみ悩みから生み出したもの、肝脳を砕いて創りあげたもの、多くの労力と血を流して築き建てたもの、……なに一つとして永久に遺ることはない、あらゆるものがいつかは亡びてしまう、必ず亡びてしまうのだ、しかもなお人間は苦しみ、悩み、争奪し、血を流し、殺しあっている、これからも、いつまでも、徒労とわかっていることのために、同じ悲惨を繰り返してゆくだろう、……人間そのものが滅亡してしまうまでは、いつまでも……」

——楽天旅日記——

◈

「人間にいちばん大切なのは逆境に立ったときだ、借銭などでいちじを凌《しの》ぐ癖がついたら、とうてい逆境からぬけ出ることはできない、どんなに苦しくとも、自分の力できりぬけてこそ立直れるものだ」

——ながい坂——

◈

人間は調子のいいときは、自分のことしか考えないものだ。自分に不運がまわってきて、人にも世間にも捨てられ、その日その日の苦労をするようになると、はじめて他人のことも考え、見るもの聞くものが身にしみるようになる。

――柳橋物語――

◈

「よしよし、眠れるうちに眠っておけ。明日はまた踏んだり蹴《け》ったりされ、くやし泣きをしなくちゃあならないんだ」

――季節のない街――

◈

人間おちめになったら、とことんまでおちるほうがいい。中途半端《はんぱ》がいちばん悪いのだ。

――季節のない街――

◈

温床でならどんな芽も育つ。氷の中ででも、芽を育てる情熱があってこそ、しんじつ生きがいがあるのではないか。

――赤ひげ診療譚――

◈

「人間が純粋になればなるだけ、俗人どもには滑稽《こっけい》にみえるだろう、それがなんだ、人間には平和や家庭や健康で優秀な妻子や、きちんと貰《もら》える月給のほかにも大切なものがあるんだ、そのために身を削るほど苦しんでいる者だっているんだぞ」

――陽気な客――

◈

「世の中はどっちへまわっても苦労なものだ、それならせめて自分の生きたいように生きてみたい、安楽や贅沢《ぜいたく》だけが最上のものじゃないからな」

――野分――

孤独と苦悩

世の中のこと、人の一生、わが身の上のこと、――しずかな、孤独な酔いのなかでは、なにを想《おも》っても身にしみるように味が深い。楽しさも苦しさも、よろこびも、ときには絶望でさえも、かなしいほどしみじみと心をあたためて呉れる。よかれあしかれ自分の性根というものがみえるのもそういうときだ。

――おたふく――

◈

「人は誰でも、他人に理解されないものを持っている。もっとはっきり云えば、人間は決して他の人間に理解されることはないのだ。親と子、良人《おっと》と妻、どんなに親しい友達にでも、――人間はつねに独りだ」

――樅ノ木は残った――

悩みのみが正しい意味で人間を謙遜《けんそん》にする。

〈断片―昭和二十五年のメモより〉

◈

人生はすべての人にとって悩みと共に始まりまた終るものである。

〈断片―昭和二十五年のメモより〉

◈

煩悩は、かくあるだろうという疑惧《ぎく》について起る。現前の事実には「煩悩する」いとまはない。

〈断片―昭和二十五年のメモより〉

◈

人間的な苦悩を深く躰験《たいけん》しなくては、真実のいかなるものかを理解することはできない。

——新潮記——

若さのあかし

若さというものは、それだけでどんな痛手をも癒やすちからを持っている。

——野分——

◈

「世の中が泰平なら泰平で、若い人間にはやはり不安とか不満とか怒りや失望がつきまとう、なぜなら、若い人間は既にある社会状態の中へ割込んでゆくので、初めて海へ漕《こ》ぎだす船のように、事の大小強弱の差はあれ、不安や怖《おそ》れを感じない者はない筈だ、われわれにとって大事なのは、自分の信ずる道に迷わないことだと思う」

——天地静大——

「だれだって若いときには、間違いをするし、だれだってからだか心に傷のない者はいやあしない、みんなそれぞれ、人に見られたくない傷を持っているよ」

――しづやしづ――

◈

人間はみながみな順調に成長するとは限らない。二十歳でだめになる者もあろうし、五十歳でなお伸びる才能もある。

――ながい坂――

◈

「人間の軀はね、いつも変ってるんだ、たとえば髪や歯や爪をごらん、生えて伸び、抜けてはまた生える、肌は垢《あか》になって落ちて、新しくなるし、肥えたり、痩《や》せたりもする。生きているものは、一日だって同じじゃあない、いつも新しく伸びるし、育っているんだ」

——なんの花か薫る——

❖

世間から不良少年とか、よた者などと云われるような人間ほど、自尊心ということに敏感である。自分が世間からはみ出ている、というひけめが絶えず意識の芯《しん》にあるので、人の軽侮や嘲笑《ちようしよう》はびりびりとこたえる。

——彦左衛門外記——

死をみつめる

人間には寿命というものがある。養生不養生によって、生れつきの寿命を損うこともあるが、自分の軀の調子によく気をつけていれば、どうしたら寿命を保つかということはわかるものだ。

——五瓣の椿——

◈

「死にざまも大事ではあろう、しかし、生きることのほうがさらに大事であり困難だ、困難だからといって諦めて、死にいそぎをすることがいさぎよいとは思わない、侍に限らず、人間ならまず生きることを考えるべきだ」

——止雪記——

国のために、藩のため主人のため、また愛する者のために、自らすすんで死ぬ、ということは、侍の道徳としてだけつくられたものではなく、人間感情のもっとも純粋な燃焼の一つとして存在して来たし、今後も存在することだろう。——だがおれは好まない。

たとえそれに意味があったとしても、できることなら「死」は避けるほうがいい。そういう死には犠牲の壮烈と美しさがあるかもしれないが、それでもなお、生きぬいてゆくことには、はるかに及ばないだろう。

——樅ノ木は残った——

◈

「人間は生きた年数だけで長命か短命かがきまるものではない、土蔵の中で百年生きるのと、市中で三十年生きるのと、その経験したことを比較してみるがいい、どちらが長く生きたことになるか」

——桑《くわ》の木物語——

「あらゆる生物がやがては死滅するだろう、いかなる代償を以てしてもそれだけは購《あがな》うことはできないに相違ない、それはまさに動かすべからざる事実である、しかし同時にあらゆる生物が活きてあることも事実ではないか、生物はすべて死ぬまでは生きるのである、死が否定しがたいものであるなら、生もまた否定することはできない、死が必ず現前するものだとすれば寧《むし》ろ生きてあることを肯定し、そのまさしい意義を把握《はあく》すべきが先だ、生死超脱は生きることの上に立たなくてはならぬ」

――荒法師――

「死んじまいたい」と思いつめるそのときの気持には、嘘《うそ》も誇張もない。ぎりぎりいっぱい、死ぬよりほかにないと思うのだが、そのときが過ぎてしまうと気持もいつか変ってゆき、そんなに思いつめたことがばからしくさえなる。

——落葉の隣り——

◈

「なるほど人間は豊かに住み、暖かく着、美味をたべて暮すほうがよい、たしかにそのほうが貧窮であるより望ましいことです、なぜ望ましいかというと、貧しい生活をしている者は、とかく富貴《ふうき》でさえあれば生きる甲斐《かい》があるように思いやすい、……美味《うま》いものを食い、ものみ遊山をし、身ぎれい気ままに暮すことが、粗衣粗食で休むひまなく働くより意義があるように考えやすい、だから貧しいよりは富んだほうが望ましいことはたしかです、然しそれでは思うように出世をし、富貴と安穏《あんのん》が得られたら、それでなにか意義があり満足することができるでしょうか、おそらくそれだけで意義や満足を感ずることはできないでしょう、人間の欲望には限度がありません、富貴と安穏が得られれば更に次のものが欲しくなるからです、たいせつなのは身分の高下や貧富の差ではない、人間と生れてきて、生きたことが、自分にとってむだでなかった、世の中のためにも少しは役だち、意義があった、そう自覚して死ぬことができるかどうかが問題だと思います、人間はいつかは必ず死にます、いかなる権勢も富も、人間を死から救うことはできません」

――風鈴――

❖

人間は誰《だれ》しも死を怖れる。死そのものを怖れない人間でも、臨終の一瞬は怖ろしい。臨終の苦痛が頭を悩乱させる一瞬は、生死を超脱した者でもあらぬふるまいをしやすいものだ。

――樅ノ木は残った――

❖

「人間はいつかはみんな死ぬのです、おそかれ早かれ、いずれはみんな死んでゆくのです、大事なのは生きているうちのことです、できるだけ充実した生きかた、広く深いゆるみのない生きかたを考えましょう、そのときが来るまで、生きられるうちに充分に、生れてきた甲斐《かい》のあるように生きることを考えましょう」

——桑の木物語——

人間の一生で、死ぬときほど美しく荘厳なものはない。それはたぶん、その人間が完成する瞬間だからであろう。生きているうちは醜いことが多い、狡猾《こうかつ》や裏切や、貪欲《どんよく》や策謀。いいことをする裏には、数知れない悪徳が積み重なって、腐ったごみ溜《ため》のような匂《にお》いを放っている。生きている限りその匂いは付いてまわるが、死ぬ瞬間にそれらは停止する。そこにはもう不安定なものはなにもない、それぞれの善悪、美醜をひっくるめた一個の人間として完成するのだ。——ちょうど土をこね、ろくろにかけ、釉《うわ》薬《ぐすり》を塗り、かまで焼きあげて、一つの壺《つぼ》が出来あがるように。

——虚空遍歴——

ヒロインたちの名セリフ(一)

「ひろい世の中で想い想われ、愛し愛されるということは、それだけで美しい、きれいな、尊いものだと思うの、それだけはよごしてはいけないと思うの」

――「契《ちぎ》りきぬ」おなつ――

＊

「女というものは、自分の一生を捧《ささ》げた人のためにいちどだけでも本当に役立つことができれば、それで満足できるものだと思います」

――「おかよ」おかよ――

＊

「二人のことは二人だけで大事にしていたいんです、縁もない人たちになにか云われたりすると、あたしたちだけの大事なものが、よごれてしまうような気がするんです」

——「鶴《つる》は帰りぬ」おとわ——

＊

「男と女が惚れあう、ということは同じなのに、一つとして同じような惚れかたがない、みんなそれぞれに違っているんだから妙なものだわ」

——「古今集巻之五」お袖——

＊

「人間の幸不幸はたやすく判断のできるものではないわ、ことに夫婦のあいだのことはむずかしいものよ、はたから見て仲が良いとか悪いとかいう感じだけでは、とうていわからない事がたくさんあるの」

——「めおと蝶」信乃《しの》——

＊

「男はなにごとも自分を中心に考えたりふるまったりなさる、女を愛するときはことにそうです」

——「薊《あざみ》」ゆきを——

＊

「一生涯つれそった夫婦でも、しんそこわかりあうということはないようよ」

——「ひとでなし」およう——

三章　男の情、女の情

男というもの

男の一生はもちろん仕事であろう。けれども男に仕事をさせるのは「妻」であり、妻によって伸びも縮みもする。

——滝口——

◈

「男が仕事をする場合に、たのむのはおのれのちから一つだ、少しでも他に頼む気持が動いたら、仕事の形は出来ても魂がぬけてしまう」

——寝ぼけ署長——

◈

「男はきめどころをきめなければいけない」

——人情裏長屋——

「男の仕事はいのち懸けだ。寸分も隙《すき》があるものじゃあないんだ」

――しぐれ傘――

❖

「男が自分の仕事にいのちを賭《か》けるということは、他人の仕事を否定することではなく、どんな障害にあっても屈せず、また、そのときの流行に支配されることなく、自分の信じた道を守りとおしてゆくことなんだ」

――虚空遍歴《こくうへんれき》――

❖

男というものは、ときどき「おれはこんなばかな人間だったのか」と思って冷汗をかくものだ。

〈からっぽの箪笥《たんす》〉

❖

「人間が食うことに追われたらおしまいだ、食うことは毎日だし、生きている限り食わなくてはならない、そんなことに追われている限り、男一代の仕事はできない」

——正雪記——

◈

「男にはね、死ぬほうがよっぽど楽だっていうときがあるんだよ」

——へちまの木——

◈

「世の中に男と女がある以上、男が女をおもい女が男をおもうのは当然だろう。けれども、人間はそれだけで生きているものじゃあない、生きるためにはまず仕事というものがあるし、人並なことをしていたんでは満足に生きることはできない。いくらかましなくらしをしようと思えば、人にまねのできない仕事、誰も気づかないくふう、新しい手、といったものを作り出さなければならない。それはいつもたやすいことじゃあない、ほんの爪《つめ》の先ほどのくふうでも、あぶら汗をながし、しんの萎《な》えるほど苦しむことが少なくない。だからこそ、一とくふう仕上げたよろこびも大きいのだろう。男にとっては、惚《ほ》れた女をくどきおとすより、そういうときのよろこびのほうが深く大きいものだ。女との情事はめしのようだと云っては悪いか。人間が腹がへるとめしが食いたくなるが、喰《た》べてしまえばめしのことなどは考えない」

――おさん――

女というもの

「女というものは、心にこれときめた人ができると、その人のために、なにか秘《ひそ》かにまごころを尽したくなるものです」

——障子——

◈

「女というものは初めて愛した人は忘れられないものよ。その人とならどんな苦労をし、どんなにおちぶれても悔いはない。いっしょに死ぬなら、死んでも後悔はしないというくらいに思うものよ」

——竹柏記《ちくはくき》——

◈

女性に限ったことではないけれども、「保護したい」という心理は、「庇護されたい」という心理の裏返しであるばあいが多い。

——火の杯《さかずき》——

◈

「との方にはなにもかも忘れて、一生を賭《か》けてやりぬく仕事がある、髪結いでも仕立て物でも、そのほか芸ごとだって、女でははいってゆけないところを持っている、女にはそれがない、よその人は知らないけれど、あたしにはそんな能もなし、そんな能を持ちたいとも思いません。女は誰でも好きな人といっしょになって、その人の世話をやいたり、その人から可愛《かわい》がられてくらしたい、それが女の本望だと思うわ」

——天地静大——

◈

女というものは与えられる愛情によって仕合せにも不幸にもなるものだ。

——五月雨《さみだれ》日記——

「女は心の狭いものだと申します、なにか一つ思い詰めると、それが一生の大事のように、頭についてはなれない、その一つのことのために一生をだいなしにする場合もあるようです」

――ながい坂――

◈

悪いところも欠点も、無条件でうけいれることが愛することだ、というのは本当かもしれない。それが女の愛というものかもしれない。

――風流太平記――

◈

「縫い張りや炊事や、良人に仕え子を育てる煩瑣《はんさ》な家事をするかしないかが問題ではない、肝心なのはその事の一つ一つが役だつものであったかどうかだ、女と生れ妻となるからは、その家にとり良人や子たちにとって、かけがえの無いほど大切な者、病気をしたり死ぬことを怖《おそ》れられ、このうえもなく嘆かれ悲しまれる者、それ以上の生き甲斐《がい》はないであろう」

——風鈴——

◈

「武家のあるじは御しゅくんのために身命のご奉公をするのが本分です、そのご奉公に瑾《きず》のないようにするためには、些《いささ》かでも家政に緩みがあってはなりません、あるじのご奉公が身命を賭《と》しているように、家をあずかる妻のつとめも身命をうちこんだものでなければなりません。……家政のきりもりに怠りがなく、良人に仕えて貞節なれば、それで婦《おんな》のつとめは果されたと思うかも知れませんが、それはかたちの上のことにすぎません、本当に大切なものはもっとほかのところにあります。人の眼にも見えず、誰にも気づかれぬところに、……それは心です、良人に仕え家をまもることのほかにには、塵《ちり》もとどめぬ妻の心です。学問諸芸にはそれぞれ徳があり、ならい覚えて心の糧《かて》とすれば人を高めます、けれどもその道の奥をきわめようとするようになると『妻の心』に隙《すき》ができます、いかに猟の名人でも一時に二兎《と》を追うことはできません。妻が身命をうちこむのは、家をまもり良人に仕えることだけです、そこから少しでも心をそらすことは、眼に見えずとも不貞をいだくことです」

——梅咲きぬ——

◈

「女にとってはどんな義理よりも夫婦の愛というものが大切なのですよ」

——初蕾《はつつぼみ》——

◈

「女ってものはなあ、十五でも三十でもおんなじようなところがある、三十四、五にもなるのに、或るときひょいと見ると、十四、五の娘っこのようなあどけない顔つきをしていることがあるし、また、十四、五の娘のくせにひょっとすると、三十五、六の女みたような眼で、じろじろ男を見ることもある、——魔ものだねあれは」

——季節のない街——

「女というやつは、自分がみた夢の話しさえ、正直には云わないものだ」
——樅ノ木は残った——

◈

「おんなは花を愛する、おんながおちつくべきところにおちつくと、きまってそこを花で飾りたくなる」
——花の位置——

◈

「女というものは心理学的であるより常に生理学的存在なんだな」
——季節のない街——

◈

愛と献身と

「人間はいちどしか生きることが出来ない、どんなちからを以《もっ》てしてもやり直すことが出来ないのです。人が人をこれほど深く想う、こんなに美しい厳粛なものはありません」

——山女魚《やまめ》——

❖

好ましく美しい愛こそ、人間を力づけ、仕事や勉学を正しく支えるのではないだろうか。慥《たし》かに「交歓」という意味に限れば、求めあうときにだけある、とも云えるだろう。けれどもそれは、逆に愛の一部分であって愛そのものではない。男と女が愛しあうということは単に「交歓」が目的ではなく、生活し、仕事をすることのなかに溶け込むものではないか。

——天地静大——

「この世の中で、いちばん美しく、いちばん強いのは、愛です、無条件な愛には、敵《かな》うものはない」

——寝ぼけ署長——

「男にわからないところが女にあり、女にはわからないところが男にはある、それが男と女を互いにひきつけるんじゃないかな」

——ながい坂——

二人の人間がむすびつき、心をひとつに愛し合うことはあそびではない。

——初蕾——

◈

「人間には選択する能力があって、自分の好ましい相手を選ぶことができるし、その相手と一生をともにしたいという、強い感情にとらわれる、好ましい相手とでなくとも愛し合うことはできるが、本当のよろこびは、しんじつ好ましい相手と愛し合うときでなければ感じることはできない、だからこそ愛というものは大切なんだ、この世で比べるもののないほど大切なんだ」

——天地静大——

◈

「幾十万人といる人間の中から、一人の男と女が結び付くということは、それがすでに神聖で厳粛だ、好きなうちは逢う飽きたら別れる、いかにも自由に似ているがよくつきつめてみろ、人間を野獣にひき下げるようなものだ」

——初蕾——

「人間のすることはみな同じさ、献身とか奉公とかいうが、それはそのことが自分を満足させるから、献身的にもなり、奉公によろこびを感じもするんだ、男と女の感情もそのとおり、相手が自分にとって好ましく、その愛が自分を満足させるから愛するのさ」

――栄花物語――

◈

どんなに真実な愛でも、そのために誰かを不幸にしたり、他から恨まれたりするようでは、本当でもなし幸福でもない。

――寝ぼり署長――

◈

愛する者のためによろこんで自分を犠牲にする者もいる。慥かに、それも愛の美しさの一つだろう。しかし、そういう犠牲の美しさも決して長くは続かない。しんじつの愛がいつも連続しているものでないように。人間はどちらにも、長く自分を縛りつけておけるものではないし、どちらの感情も冷えてしまうものだ。

――天地静大――

◈

純粋に献身的な愛であっても、なにかの意味で酬われるものがなければ、その愛は傷つかずにはいない。

――火の杯――

◈

愛情には疑いが付きものである。

――柳橋物語――

◈

「愛と裏切りとは双生児だと云います」

――偸盗《ちゅうとう》――

恋愛の貌《かお》

恋にはいろいろの型がある。他人からみればそのおろかしさと道化た点でいちようだが、仔細《しさい》にみればその気質と好みによって、それぞれの型があるということは否定できない。

——大納言狐《だいなごんぎつね》——

◈

「恋は人を変える」

——酔いどれ次郎八——

◈

火をもやすには薪がなければならない。薪がなくなれば火は消えてしまう。人を狂気にさせるほどの恋も、いつかは冷えるときが来る。恋を冷えないままにしておくような薪はない。

——橋の下——

❖

「男でも女でも、相手が好きになると誰かに似ているように思うことがよくある、人間は性分によって、それぞれの好みの型がある。だから、好きになる相手というのは、どこかに共通点があるんだろう」

——女は同じ物語——

❖

この世に在ることは、すべてが偶然の組み合せである。恋はしばしば神秘的な表現で飾られるけれども、二人にとって、お互いが絶対だということはない。甲乙の男女が結びつくのは偶然の機縁であって、さればこそ失敗し、相別れる例が多いし二度め三度めの結婚でおちつくばあいも、少なくはない。

——竹柏記——

お互いの身を焼きつくすほどの、激しい、ひたむきな恋は、美しい。一生にいちどは、そういう恋を味わいたいし、そういう経験のない人生はさびしいと思う。

しかし、いかに美しく、熱烈であっても、人間の一生、という立場からみると、「恋」は決してすべてではない。

仮借のない現実のなかで、飢えず、凍えずいちおう生活を立ててゆく、ということだけでも、辛抱づよい努力と、絶えざる精神が必要である。「恋」を人生の華麗な牡丹《ぼたん》とすれば、生活は松柏《しょうはく》の変らぬ色に譬《たと》えることができるだろう。

〈作者の言葉『竹柏記』〉

❖

およそこの世の中で、他人の恋物語を聞かされるほどうんざりするものはない。

❖

——大納言狐——

「恋はなにより美しく尊いものかもしれない、しかし人間には生活がある。生きてゆくには辛抱づよい努力と、忍耐が必要だ、しかもその道は嶮《けわ》しく遠い、思わぬ災厄や病苦にもみまわれるだろう」

——竹柏記——

結婚のかたち

「結婚というものは心もからだも違ったもの同志がひとつになるのだから、潔癖に考えすぎると却《かえ》って失敗しやすい。むしろごく楽な単純なきもちで、世間一般の習慣だというくらいにやるほうがいいようだ」

――山女魚――

◈

「女が嫁にゆく勇気というものはすばらしいな。生れた家を出て、育てられた親や兄弟姉妹と別れて、殆んど見も知らぬ他人の生活の中へ入ってゆく、どんな運命が待っているかもしれない『初夜』の帳《とばり》の中へ、なんの経験もない少女がただ一人で敢然と入ってゆく、この勇気はすばらしいものだ」

――初夜――

◈

「おんなには誰にも共通な夢がひとつあります。云うまでもなく結婚です。むすめでいるうちは考え得られるかぎり美しい空想で飾り、ほぐしてはまたもっと美しく飾りあげる。おそらく誰でもそうでしょう。こんなことが実現される筈はないと知っていながら、自分からなかなかその夢が棄てきれない。そうしてついには多かれ少なかれ失望を感じずには済まないのでなぜなら……むすめたちが空想するような美しさは在るものではないのです。新たに自分がきずきあげるものだからです。夢のゆきついたところに結婚があるのではなくて、結婚から夢の実現がはじまるのです。それも殆んど妻のちからに依《よ》って……」

――桃の井戸――

◈

「男と女の仲は蜜柑の木を育てるようなもんだ、二人でいっしん同躰《どうたい》になって育てるから蜜柑が生《な》るんだ」

❖

「女房は一生のものだ、人間の一生はなみかぜが多い、いつなにが起こるかわからない、なにか事が起こったとき、惚《ほ》れて貰った女房だと、――男は苦しいおもいをしなければならない、どんなふうにということは云えないが、男は苦しいおもいをするものだ」

――青べか物語――

――水たたき――

❖

情事とはお互いがお互いの中に快楽を認めあうことだろう。与えることと受け止めることのよろこびではないか。

――おさん――

夫婦のきずな

人間はふしぎなものだ。愛のない、無感動な、習慣だけで結びついている夫婦も索漠《さくばく》たるものだが、深く愛しあっていても、その愛情に平衡と限度がなければ、却《かえ》ってお互いを不幸にするばあいもある。

――水たたき――

◈

「人にはそれぞれ癖のあるもの、それをたがいに助け、たがいに補ってゆくのが夫婦のかたらいだ」

――あらくれ武道――

◈

「良人となり妻となれば、他人に欠点とみえるものも、うけ容《い》れることができる。誰にも似ず、誰にもわからない二人だけの理解から、夫婦の愛というものが始まるのだ」

――柘榴《ざくろ》――

❖

「人間はみなそれぞれ欠けた弱いところを持っているものです、夫婦というものはその欠けた弱いところを、お互いに援《たす》けあい補いあってゆくものです、――こちらが苦しい悲しい思いをしている時は、相手も同じように苦しみ悲しんでいるに違いありません、自分のことだけ考えるのでは、決して世の中に生きてゆけません」

――青嵐――

❖

「世の中に夫婦が千万組いるとしても、同じような夫婦ってものは一と組もいない、千万の夫婦がみんなそれぞれ違うんだ、っていうようなことを云ってた、そして中には、組み合わさってはいけないどうしが組み合わさってるような夫婦があって、そういうのは早く別れちまわないと、強いほうが弱いほうを食っちまうんだ」

——季節のない街——

❖

「どんな男と女でもそうであろうが、伴れ添う者に身も心も任せ、安心して幸不幸をともにしようとする女の姿ほどいじらしく愛らしいものはない。この平凡な、わかりきったところから、男のもっとも男らしいはたらきが生れるのだ」

——ながい坂——

❖

夫婦の情事は空腹を満たすものではない、そういうものとはまるで違うのだ。単に男と女のまじわりではなく、一生の哀楽をともにする夫婦のお互いをむすびつけあうことなのだ。そのむすびつきのうちにお互いを慥《たし》かめあうことなのだ。

——おさん——

主人公たちの名セリフ(二)

「勝負には勝つという確信が大切だ、互角の腕なら勝つという確信をもつ者に分《ぶ》がある、慢心はいけないが、自分を信ずる気力を失うことはみずから負けることだ」

――「花も刀も」平手幹《み》太《た》郎《ろう》――

＊

「一矢で射止めることができるのに、なんのために二の矢を持つ必要がござろうか。弓道の作法とは命矢を持つにあるのではなく、一矢で射止めるところにあるのでござる」

――「備前名弓伝」青地三之丞《さんのじょう》――

＊

「刀法には免許ということがある、学問にも卒業というものがある、しかし武士の道には免許も卒業もない、御奉公はじめはあるが終りはないのだ。日々時々、身命を捧げて生きるということは、しかし口で云うほど容易なことではない、容易ならぬことを終生ゆるぎなく持続する根本はなにか、それは生き方だ、その日その日、時々刻々の生き方にある。垢の付かぬ着物が大事ではない、炭のつぎ方が大事ではない、拭き掃除も、所持品の整理も、その一つ一つは決して大事ではない、けれどもそれらを総合したところにその人間の『生き方』が顕《あら》われるのだ、とるに足らぬとみえる日常瑣末なことが、実はもっとも大切なのだ」

――「ゆだん大敵」老田久之助――

＊

「人間がけんめいになってやれば、刀法に限らずたいていなわざは人並にはできるものだ、しかしわざはどこまでもわざに過ぎない、心のともなわぬわざは注意が外《そ》れた刹那《せつな》に身からはなれるだろう」

――「壺《つぼ》」荒木又右衛門《またえもん》――

＊

「男が一生を賭《か》けた仕事に、あせってやってできるものがあるか、おれはこれまでに幾たびも失敗した、これからも失敗するだろうと思う、しかしね、失敗することは本物に近づくもっともよい階段なんだよ、みていてくれ、おれはこんどこそ本物をつかんでみせるからね」

――「虚空遍歴」中藤冲也《ちゆうや》――

＊

「世間にはもっとおおくの頌《ほ》むべき婦人たちがいる、その人々は誰にも知られず、それとかたちに遺ることもしないが、柱を支える土台石のように、いつも蔭にかくれて終ることのない努力に生涯《しようがい》をささげている。……これらの婦人たちは世にあらわれず、伝記として遺ることもないが、いつの時代にもそれを支える土台となっているのだ。……この婦人たちを忘れては百千の烈女伝も意味がない、まことの節婦とは、この人々をこそさすのでなくてはならぬ」

——「松の花」佐野藤右衛門——

＊

「山茶花《さざんか》という花は哀れだな、日向《ひなた》の広々とした所では却《かえ》って風情がなく、こんな寂しい小藤片隅でひそかに咲いていると、どんな花にも増して美しい。この白々とした可憐《かれん》な姿、人眼に隠れて咲き人に知られずして散る、斯《こ》ういう美しさは山茶花の他にはないだろう、人間にも同じような者がある」

——「風雲海南記」乙貝英三郎——

四章　価値あるもの

人間の値打

人間がなにか一つぬきんでた能力をもっていると、たとえ自分から誇示しなくともしぜんと人の注意を惹くものである。

——足軽奉公——

◈

「人間のねうちは身分によって定《き》まるものではない、各自その生きる道に奉ずる心、おのれのためではなく生きる道のために、身心をあげて奉《たてまつ》る心、その心が人間のねうちを決定するのだ」

——壺——

◈

「大切なのはなにが万年さきまで残るかではなく、そのときばったりとみえるいまのことだ、地面に砂で描いた絵は半刻《はんとき》とは保《も》たないだろう、しかしそれを描く絵師にとっては、生活のかてであるだけではなく、描いた砂絵は彼の頭から消えることはないだろう、いちばん大切なのは、そのときばったりとみえることのなかで、人間がどれほど心をうちこみ、本気でなにかをしようとしたかしないか、ということじゃあないか、そうは思えないか」

――ながい坂――

◈

「なんであろうと、人間が本気でやることはそのままで立派だ、人のおもわくなんぞ気にするな」

――虚空遍歴《こくうへんれき》――

◈

人間の一生というものは、脇から見ると平板で徒労の積みかさねのようにみえるが、内部をつぶさにさぐると、それぞれがみな、身も心もすりへらすようなおもいで自分とたたかい世間とたたかっているのである。その業績によって高い世評を得る者もいるし、名も知られずに消えてゆく者もある。しかし大切なことは、その人間がしんじつ自分の一生を生きぬいたかどうか、という点にかかっているのだ。

〈作品の跡を訪ねて〉

❖

「人間の値打は些細《ささい》な過ちなどで傷つきはしない、取返す方法はいくらでもあるんだ」

——竜《りゅう》と虎《とら》——

❖

「何処《どこ》にもそんな人間がいるものだ、自分たちと同じ低さに下りてこないと承知しない、少しでも自分たちと違った考をもち、少しでも自分たちより伸上ろうとする者があればできるだけ貶《おとし》めたり邪魔をしたりする、こういう人間は自分の卑しさを糊塗するために、あらゆる人を自分たちと同じ卑しさに堕《おと》そうとするのだ」

——大将首——

◈

「人間というものは一方から好かれれば、一方から憎まれる、好評と悪評は必ず付いてまわるものだ、あらゆる人間に好かれ、少しも悪評がないというのは、そいつが奸譎《かんけつ》で狡猾《こうかつ》だという証拠のようなものだ」

——樅《もみ》ノ木は残った——

◈

「人間のすることに、むだなものは一つもない、眼に見える事だけを見ると、ばかげていたり徒労だと思えるものも、それを繰返し、やり直し、積みかさねてゆくことで、人間でなければ出来ない大きな、いや、値打のある仕事が作りあげられるものだ」

——ながい坂——

「世の中には生れつき一流になるような能を備えた者がたくさんいるよ、けれどもねえ、そういう生れつきの能を持っている人間でも、自分ひとりだけじゃあなんにもできやしない、能のある一人の人間が、その能を生かすためには、能のない幾十人という人間が、眼に見えない力をかしているんだよ」

――さぶ――

◈

「多くの家臣のなかには硬骨漢もあり軟弱漢もある、阿諛佞弁《あゆねいべん》の徒だからといって必ずしも御家のために悪いとは定らないし、硬骨一徹の士にも厭《いと》うべき人間はある、――清冽《せいれつ》の水にのみ魚の育たぬ如《ごと》く、善悪併せ近づけて以てその利すべきところを識《し》るにいたらなくては一国の主人たる資格とは云えない」

――驕《おご》れる千鶴《ちづる》――

「尾張《おわり》中村の百姓の伜《せがれ》が太閤《たいこう》にまで経昇ったのは、戦国の世であったからではなく、その人間の才能がそうさせたのです、あれだけの乱世に太閤は彼一人しか出なかったではありませんか」

——大将首——

❖

「世間には生きてるうちはわいわい騒がれて、死ぬとたんに忘れられちまう人間がある。また生きてるうちは眼立たないで死ぬと急に偉くなる奴《やつ》もあるさ」

——陽気な客——

❖

「この世に起こることはなに一つ予測はできない、そのときそのときで処理するほかに手は出せないだろう、しかし火を抱いて油の中へはいるよう

❖

な、いさましい人間もいる、そのどちらが正《まさ》しいか正しくないか、判断することのできる人間がいるだろうか」

——ながい坂——

❖

金でも物でも、使えば減るか無くなってしまう、形のある物はいつか必ず無くなってしまうのだ。大切なのは減りもせず無くなすこともできないものだ。人によってそれぞれ違うけれど、みつけようとすれば誰《だれ》にでも、一つだけはそういうものがある筈《はず》だ。

——虚空遍歴——

ほんとうの幸福とは

大多数の人間が不幸であるとき、自分だけが仕合せだということは、悪徳であり寧ろその大多数よりも遥《はる》かに不幸である。

――火の杯《さかずき》――

❖

「幸福は他の犠牲に依《よ》って得られるものじゃない、そのために誰かが不幸になり、犠牲になるような幸福は、それだけですぐ滅びてしまう」

――寝ぼけ署長――

❖

政治や秩序や道徳などに関係なく、人間は先天的に不幸や悲嘆を背負っている。それは死ぬまで付いてまわる。幸福にみえる者、自分で幸福だと信じている者。それはただ気づかないだけのことだ。みんないつかは、一人の例外もなしに、必ずいつかは絶望に身を掻《か》き毟《むし》り、悲しみに泣き叫ぶときがくるだろう。

――はたし状――

◈

人が不幸になってゆくということは、単にその人間の問題だけではなく、環境や才能やめぐりあわせなど、いろいろな条件の不調和ということもある。

――裏の木戸はあいている――

◈

人が幸福な生活をつかむということは、なかなか困難なようである。この世には危ない曲り角が無数にあり、才能の有る無し、運、不運、そして各人それぞれの性格によって、みずから誤った方向へ曲る者もあるし、条件にひきずられて曲ってしまう者もある。

〈作者の言葉『花も刀も』〉

仕合せとは仕合せだということに気づかない状態だ。

――桃の井戸――

「人間は幸福にも不幸にもすぐ馴れるものさ」

――山茶花帖《さざんかちょう》――

いちど思いきめて、少しも迷わずに、それをやりとげることのできる人間は、仕合せだ。

――樅ノ木は残った――

これは誰しも身に覚えのあることと思うが、一つのアクシデントが起こると、とかくそれに続いていやらしい不祥事が連続して来るものだ。尤《もっと》もそれが徹頭徹尾に「不祥」であるかどうかわからない。禍いを転じて福となすことも、できるばあいもある。

——楽天旅日記——

◈

どんな幸福も永遠ではない。慥《たし》かなのは人間が不幸や悲しみを背負っているということだ。

——はたし状——

◈

信じるということ

人間は信じ合わなければならない。「人を信ずる」それが有《あら》ゆることの初めである。

――蜜柑《みかん》畑――

❖

「信じられるくらい人間を力づけるものはない」

――山椿《やまつばき》――

❖

「生きることが目的ではない、死ぬことが終りではない、生死を超えて生きとおす信念、なにものが亡ぶるとも信念の亡ぶることはないのだ」

――荒法師――

奇蹟、超自然のちから、これほど人間の理性を酔わせ、麻痺《まひ》させるものはない。

——正雪記——

◈

現代人の不幸は形而上の救いに頼れなくなったことである。

〈断片—昭和二十五年のメモより〉

◈

「原始宗教というものは、案外なくらい起こるべき事実を予言するものです、釈迦《しやか》も来世に救いを求めた、道教も、老子《ろうし》の無の哲学も、みんな現実を否定し、いつかは地球も人類も亡《ほろ》びてしまうと予言している、人間はよき社会生活をしようと苦心しながら、却って大きくは滅亡に向かって奔走しているようにしか思えない」

――おごそかな渇き――

◈

「人間は自分のちからでうちかち難《がた》い問題にぶっつかると、つい神に訴えたくなるらしい、――これがあなたの御意志ですかとね、それは自分の無力さや弱さや絶望を、神に転嫁《てんか》しようとする、人間のこすっからい考えかただ」

――おごそかな渇き――

◈

人間以上の「或る力の存在」を想定することなしには人間は生きることができない。

〈断片―昭和二十五年のメモより〉

◈

人は激しい悲《ひ》歎《たん》にくれたとき、絶望したとき神に訴えたくなる。

〈断片―昭和二十五年のメモより〉

◈

神は人間にとって最も好ましい存在として創造された。即ち必要のないときは無視することができるし、必要なときはいつでも呼び出して感謝し訴えることができるから。

〈断片―昭和二十五年のメモより〉

◈

神とは最も人間的な、「人間の創造物」である。

〈断片―昭和二十五年のメモより〉

善と悪のあいだ

「人も世間も簡単ではない、善意と悪意、潔癖と汚濁、勇気と臆病《おくびょう》、貞節と不貞、その他もろもろの相反するものの総合が人間の実体なんだ、世の中はそういう人間の離合相剋《そうこく》によって動いてゆくのだし、眼の前にある状態だけで善悪の判断はできない」

——ながい坂——

◈

人間にはそれぞれの性格があるし、見るところも考えかたもみんな違っている。一人ひとりが、各自の人生を持っているし、当人にとっては自分の価値判断がなにより正しい。善悪の区別は集団生活の約束から生れたものので、「人間」そのものをつきつめて考えれば、そういう区別は存在しない。人間の生きている、ということが「善」であるし、その為《な》すこともすべて「善」なのだ。なにをするかは問題ではない、人間が本心からすることは、善悪の約束に反しているようにみえることでも、結局は善をあらわすことになる。

田畑を作るためには雑草を除かなければならない。その「雑草を除く」という活動は人間だけに備わった能力であり、そこから土を肥やすことや、作物を改善するという活動が生れる。

犯罪者が出れば、集団生活が壊《こわ》される、そこで善をあらわそうとする活動が起こり、生活ぜんたいに、より善《よ》くなろうという考えが生れてくる。

――天地静大――

◈

「悪はそれ自身では、けっして成長しないものだ」

――蘭《らん》――

◈

「性格と境遇によって、人の進退はそれぞれに違う、世の中には先天的な犯罪者か狂人でない限り、善人と悪人の区別はない、人間は誰《だれ》でも、善と悪、汚濁と潔癖を同時にもっているものだ、大義名分をふりかざす者より、恥知らずなほど私利私欲にはしる者のほうに、おれは人間のもっとも人間らしさがあるとさえ思う」

——ながい坂——

❖

世の中の正邪というものが案外まちがいなく整頓《せいとん》され、善悪はいつか必ずそれ自らの席に坐る。

——寝ぼけ署長——

❖

「人間はね、善良であるだけでは、いけないんだ、善良であるためには闘わなければならない、単に善良であるというだけでは、寧ろ害悪でさえあるというべきなんだぜ」

——火の杯——

「人間とはふしぎなものだ、悪人と善人とに分けることができれば、そして或《あ》る人間たちのすることが、善であるか悪意から出たものであるかはっきりすれば、それに対処することはさしてむずかしくはない、だが人間は善と悪を同時に持っているものだ、善意だけの人間もないし、悪意だけの人間もない、人間は不道徳なことも考えると同時に神聖なことも考えることができる、そこにむずかしさとたのもしさがあるんだ」

——ながい坂——

◈

不正や悪は、それを為《な》すことがすでにその人間にとって劫罰《ごうばつ》である。善《よ》からざることをしながら法の裁《さば》きをまぬかれ、富み栄えているように見える者も、仔細《しさい》にみていると必ずどこかで罰を受けるものだ。だから罪を犯した者に対しては、できるだけ同情と憐《あわ》れみをもって扱ってやらなければならない。

◈

「罪は人間と人間とのあいだにあるもので、法と人間とのあいだにあるものじゃない」

――寝ぼけ署長――

❖

「もともと、人間が人間を裁くということが間違いだ、しかし世間があり秩序を保ってゆくためには、どうしたって検察制度はなければならないし、人間が裁く以上、絶対に誤審をなくすこともできないだろう」

――栄花物語――

❖

不正や無法や暴力はどんな土地にもある。正義が尊ばれるのは人間生活の中でそれが極《きわ》めて少ないからで、世界は不正や暴力で充満しているんだ。

――しじみ河岸《がし》――

❖

正しい生き方は大なり小なり悪との闘いのうえにある。その闘いから逃げることは自分で自分の生存を拒むのと同様だ。

——寝ぼけ署長——

❖

人間というものは、自分でこれが正《まさ》しい、と思うことを固執するときには、その眼《め》が狂い耳も聞えなくなるものだ。なぜなら、或る信念にとらわれると、その心にも偏向が生じるからだ。

——ながい坂——

❖

正しさを守るために、払う代価は必ず大きい。したがって支払う時期と方法は、よほどたしかでなければならない。

——蘭——

❖

「法律の最も大きい欠点の一つは悪用を拒否する原則のないことだ、法律の知識の有る者は、知識の無い者を好むままに操縦する、法治国だからどうのということをよく聞くが、人間がこういう言を口にするのは人情をふみにじる時にきまっている、悪用だ、然も法律は彼に味方せざるを得ない」

――寝ぼけ署長――

◈

自分で自分を裁くのは高慢だ。本当に謙遜《けんそん》な人間なら、他人をも裁きはしないし自分を裁くこともしないだろう。

――虚空遍歴――

◈

義であることがつねに善だとはいえない。また、正しいことだけが美しいとは限らない。

――ながい坂――

「正しい人間には味方なんか要《い》らないものだ、なぜかと云えば、正しいということがなにより強い大変な味方だから」

——寝ぼけ署長——

◈

「身についた能の、高い低いはしようがねえ、けれども、低かろうと、高かろうと、精いっぱい力いっぱい、ごまかしのない、嘘《うそ》いつわりのない仕事をする、おらあ、それだけを守り本尊にしてやって来た」

——ちゃん——

◈

廉直、正真《しょうしん》は人に求めるものではない。

——武家草鞋《わらじ》——

◈

「人間は正直にしていても善いことがあるとはきまらないもんだけれども、悪ごすく立廻ったところで、そう善いことばかりもないものさ」

——柳橋物語——

「馬鹿と云われても白痴と云われてもいい、正直にやってゆきな、あこぎなことをして儲《もう》けたって、人間が寝るには畳一帖で沢山だ、飯は三杯、寒くたって、着物を十枚とは着られねえ、慾をかくな、睡ってからうなされねえように生きるのが人間の道だぜ」

——恋の伝七郎——

時と処に関係なく、大義名分とか公明正大とかいうものを信仰的に固執して、自分以外のあらゆる人間を不正不義、悪漢堕落漢であると罵倒《ばとう》し憎悪する人種があるものだ。これは一種の病気であって療法はごく簡単、すなわち彼に欲するだけの権力と富と名声を与えれば即座に治癒《ちゆ》する。昨日まで赤くなって慷慨《こうがい》していた者が、けろりと治ってごく穏当な人間になる。疑わしい向きは試みにやってみることをおすすめするが……しかし権力や富や名声などというものは贈答品ではないから、おいそれと遣《や》ったり取ったり出来るものではない。ことに正直廉潔などという銘柄は、決して流行しないものと古今東西を通じて厳と相場が定っているのである。

——思い違い物語——

耐える

人間どうしの問題では、いそいで始末しなければならない場合と、辛抱づよく機の熟するのを待つ場合とがある。

――さぶ――

❖

「人間は勘弁と折り合が大切だ、そこで初めて世の中が泰平無事におさまるんだ」

――評釈堪忍記――

❖

この世に生きてゆくには、苦しいこと悲しい辛いことを耐え忍ばなければならない。たいていの者が身に余る苦労を負って、それこそ歯をくいしばるような思いでその日その日を暮しているのである。しかも他人にはその苦労がわからない、人間はみなめいめいの悲しみや辛さのなかで、独りでじっと辛抱しているのである。

——湯治——

◈

「人間は生れてきてなにごとかをし、そして死んでゆく、だがその人間のしたこと、しようと心がけたことは残る、いま眼に見えることだけで善悪の判断をしてはいけない、辛抱だ、辛抱することだ、人間のしなければならないことは辛抱だけだ」

——ながい坂——

◈

「不愉快なことが起ったらこう思え、いい気持だ、なにも不平はないじゃないか、ああさばさばした気持だ……こう三遍云ってみろ、そうすれば自然と心が明るくなる。他人に対してもそうだ、あいつは厭《いや》な奴《やつ》だと思うからいかん、あの男にも良いところはある、誰《だれ》がなんと云っても己《おれ》はあの男が好きだ、なかなか好人物じゃないかと考えるがいい、つまりそれが堪忍《かんにん》であり我慢というものだ」

――武道用心記――

❖

「意地や面目を立てとおすことはいさましい、人の眼にも壮烈にみえるだろう、しかし、侍の本分というものは堪忍や辛抱の中にある、生きられる限り生きて御奉公をすることだ、これは侍に限らない、およそ人間の生きかたとはそういうものだ、いつの世でも、しんじつ国家を支え護立《もりた》てているのは、こういう堪忍や辛抱、――人の眼につかず名もあらわれないところに働いている力なのだ」

――樅ノ木は残った――

❖

悲しさ辛さに堪えるところから、人間の強く生きるちから
が生れる。

――菊屋敷――

◈

「ながい苦労に堪えてゆくには、ごくあたりまえな、楽な気持でやらなければ続きません、心さえたしかなら、かたちはしぜんのままがいいのです、肩肱《かたひじ》を張った暮しはながくは続きませんよ」

――髪かざり――

◈

「この世にゃあへえ、男が本気になって怒るようなこたあ、から一つもねえだよ、怒ると腎《じん》の臓が草臥《くたび》れるだ、いちど怒ると時間にして一刻《いっとき》が命を減らすだあ、おらが証人、怒りっぽい人間はみんな早死だてば。どんなことがあってもへえ怒るじゃあねえ、仮に誰かがおめえをぶっくらわすとすべえ、なんにもしねえによ、いきなりぶっくらわされるだあ、そんなときでも怒っちゃあなんねえ、家へ帰《けえ》って三日がまんするだあ、いいだな、三日、……それでもまだ肚《はら》がおさまらねえだら、三十日がまんするだあ、三十日して肚がいえねえだら三月よ、それから三年までがまんしてみて、それでもまだ承知できねえときは、……そんときはゆくがいいだ、そのぶっくらわした者のとけへよ、なあ、そいつのとけへいってさくだあ、どうしてあのときおらをぶっくらわしたか、その魂胆がききてえってよ、おらが証人、それでてえげえのこたあ、おさまるだあよ」

——百足《むかで》ちがい——

❖

「人間は貧しさに耐えることはできるが、屈辱を忍ぶということは困難なものです」

——天地静大——

❖

人間の生活には波があって、好況があれば必ず不況がある。好況のときにはスポーツ・カーなどを買って乗り廻したり、キャバレーで金をばらまいたりする。そして不況、倒産となると、すぐに一家心中とか自殺にはしってしまう。もちろん、そこに到る経過は単純ではなく、多くの複雑な因果関係が絡みあっていることだろうが、自分が苦しいときは他人も苦しいということ。その苦境は永久的なものではなく、いつか好転するということをなぜ考えられないのだろう。三食を一食にしても切抜けてやろう、というねばり強さがなければ、人間生活とはいえないのではないか。

〈金銭について〉

学ぶこころ

人間を高めるのは経験のありようではない、経験からなにをまなぶかにある。

――武家草鞋――

◈

「人間ってやつは誰しも、初めての経験は自分だけのものだと思うらしい、そうしてだんだん驚かなくなるんだ」

――へちまの木――

◈

「修業のはじめには誰しもいちどは昏迷《こんめい》するものだ、いや三度も五度も昏迷し、気も狂うだろう、けれどもそれが妄執《もうしゅう》となっては救う道はない、おのれを超脱せよ、些々《ささ》たる自己の観念に囚われるな、学問は必ずいちどその範疇《はんちゅう》の中へ人間を閉じこめる、その範疇を打開することが修業の第一歩であろう、頭の中からまず学問を叩き出すがよい、跼蹐《きょくせき》たる壺中からとびだして、空闊《くうかつ》たる大世界へ心を放つのだ」

——荒法師——

❖

人間のぶっつかる悲劇や喜劇は、なまのままでは役には立たない。それをいちど分解し、どこにしんの問題があるかをみきわめて、正《まさ》しく組み直すことが必要だし、それにはまず学問をして、誤りのない観察眼や判断力をやしなわなければならないだろう。

——虚空遍歴——

❖

「——見たり聞いたりしたことがなんになるものか、いざ自分のこととなってみると、そんなものは少しも役に立ちはしない、人間はみんな、自分で火傷《やけど》をしてみてから、初めて火の熱いことを知るものなんだよ」

——風流太平記——

◈

「火傷をしたからって火を恐れても、生きていくにはやっぱり火がなくっちゃあ済まないもんだよ」

——さぶ——

◈

およそ道を学ぶ者にとっては、天地の間、有《あら》ゆるものが師である。一木一草と雖《いえど》も無用に存在するものではない。先人は水面《みのも》に映る月影を見て道を悟ったとも云う。この謙虚な、撓《たゆ》まざる追求の心が無くては、百年の修業も終りを完《まっと》うすることはできない。

——内蔵允留守《くらのすけるす》——

❖

「学問はただ詰め込むだけが能ではない、学問だけがどんなに進んでも、おまえ自身がそれについてゆけなければ、まなんだことはなんの役にも立たない、ひとが二年かかるところを四年かけてやっても、それが身についたものならはるかに強いし力があるものだ」

——ながい坂——

❖

「いいか、——自分の勘にたよってはならない、理論や他人の説にたよってもならない、自分の経験にもたよるな、大切なのは現実に観ることだ、自分の眼で、感覚で、そこにあるものを観、そこにあるものをつかむことだ」

——正雪記——

❖

この世に生きていると、人間はいろいろ思いがけない経験をする。それらは善かれ悪しかれ、好ましいものも好ましからざるものも、人間の成長を助け、人格を向上させるものだそうである。

――風流太平記――

◈

善と悪、是と非、愛と憎しみ、寛容と褊狭《へんきょう》など、人間相互の性格や気質の違いが、ぶっつかり合って突きとばしたり、押し戻してまた突き当ったり、休みなしに動いている。こういう現実の休みない動きが、人間を成長させるのだ。水を構成する分子の抵抗があるからこそ、花粉の粒子の運動があるように、無数の抵抗があるからこそ人間も休まずに成長し、社会も進化してゆくのだ。

――おごそかな渇き――

◈

「およそ人間の生活は、過去とのつながりを断っては存在しないと思います、新らしい事実を処理するには、経験の中から前例を選び出し、それらを検討することで、適切な手段がとれるのだと思います」

——ながい坂——

❖

「私どもの百姓仕事は、何百年となく相伝している業でございます、よそ眼には雑作もないことのように見えますが、これにも農事としての極意がございます、土地を耕すにも作物を育てるにも、是れがこうだと、教えることのできない秘伝がございます、同じように耕し、同じ種《たね》を蒔《ま》き、同じように骨を折っても、農の極意を知る者と知らぬ者とでは、作物の出来がまるで違ってくる、……どうしてそうなるのか、……口では申せません、また教えられて覚えるものでもございません、みんな自分の汗と経験とで会得《えとく》するより他《ほか》にないのでございます」

——内蔵允留守——

❖

無思慮も思慮の一つだ。

――初夜――

ヒロインたちの名セリフ㈡

「幸福でたのしそうで、いかにも満ち足りたようにみえていても、裏へまわると不幸で、貧しくて、泣くにも泣けないようなおもいをしている。世間とは、本当はそういうものなのかもしれない」

――「五瓣《べん》の椿《つばき》」おしの――

＊

「世の中には運のいい人とわるい人があるでしょ、運のいい人のことは知らないけれど、運のわるいほうなら叺《かます》十杯にも詰めきれないほどたくさん知っているわ、そして、男の人がやぶれかぶれになるのも、自分の罪じゃなくって、ほかにどうしようもないからだってことを知ってるわ」

――「つゆのひぬま」おぶん――

＊

「この花が可哀《かわい》そうでしようがないの、ほかのたいていな花は大事にされるのに、この花は誰の眼もひかない、地面に咲いていれば、人は平気で踏んづけていってしまう、それが可哀そうだから、つい摘んで来て活けてやりたくなるのよ」

――「おさん」おさん――

＊

「人間ってものは、いつも本当のことを世間に知ってもらうなんてわけにはいかないと思うわ」

――「凍《い》てのあと」おちか――

＊

「いかにもあたしはやっているよ、政さんに頼まれなくったって、兇状持ちだとわかれば訴人するよ、悪い人間は悪い人間なんだ、仕事がない、食うに困る、暮してゆけないからって、誰も彼もが泥棒や強盗になるかい、人をぺてんにかけたり、かっぱらいや押し込みをするような人間をあたしは知っているし、そういう人間から煮え湯をのまされることもある、いまでも忘れやしない、生涯《しようがい》忘れることはできないだろう、ああ、忘れるもんか」

——「夜の辛夷《こぶし》」お滝——

＊

「話だけ聞いて人のよしあしを云うもんじゃないよ、人間にはみんなそれぞれの事情があるもんだ、その人の心の中へはいってみなければ、本当のことはわかりゃしない」

——「枡落《ますおと》し」おみき——

＊

「あたしこの店へ来たとき思ったの、——五十年まえには、あたしはこの世に生れてはいなかった、そして五十年あとには、死んでしまって、もうこの世にはいない、……あたしってものは、つまりはいないのも同然じゃないの、苦しいおもいも辛《つら》いおもいも、僅《わず》かそのあいだのことだ、たいしたことないじゃないのって、思ったのよ」

——「将監《しょうげん》さまの細みち」おひろ——

＊

「左内さまがお泣きになったことが、そんなに未練がましい、恥ずべきことでございましょうか、……

皆さまは泣いたということをお責めなさいますけれど、笑って死ぬ者なら勇者でございましょうか、話に聞きますと、強盗殺人の罪で斬られる無頼の者も、その多くは笑い、悠々《ゆうゆう》と辞世を口にして刑を受けると申します……それが真の勇者でございましょうか。

左内さまは太刀取りを押止め、静かに御藩邸を拝し、声を忍んで泣かれたのです、刑場に曳《ひ》かれた以上、泣こうと喚《わめ》こうと遁《のが》れるすべのないことは三歳の童《わらべ》でも知って居りましょう、多少なり御国のために働くほどの者が、其の場に臨んで、命が惜しくて泣くと思召しますか、……未練で泣くと思召しますか、……強盗無頼の下賤《げせん》でも笑って死ぬことは出来ます、けれど断頭の刃《やいば》を押止め、静かに面を掩《おお》って泣く勇気は、左内さまだから有ったのです、……御国を思って泣いたとも申しませぬ、お家を想《おも》って泣いたとも申しません、けれどけれど、わたくしには分ります、卑怯《ひきょう》でも未練でもない、否《い》えもっとお立派な、本当の命を惜しむ武士の泪《なみだ》だということが、わたくしには分ります」

――「城中の霜」香苗《かなえ》――

五章　人と人の世の中

世間というもの

人間はたいてい自己中心に生きるものだ。けれども世間の外で生きることはできない。

——ながい坂——

◈

「世間にゃあ表と裏がある、どんなきれい事にみえる物だって、裏を返せばいやらしい仕掛けのないものは稀《まれ》だ、それが世間ていうもんだし、その世間で生きてゆく以上、眼をつぶるものには眼をつぶるくらいの、おとなの肚《はら》がなくちゃあならねえ」

——虚空遍歴——

◈

この世にあるものは絶えず新たに、休みなく前へと進んでいる。元へ返るものなど決してありはしない。

——栄花物語——

❖

「世間はこういうものだ、などということを、したり顔で口にするようになってはおしまいだ」

——天地静大——

❖

人間には身分のいかんを問わずそれぞれの責任がある。庶民には庶民の、侍には侍の、そして領主には領主の、それぞれが各自の責任を果してこそ世のなかが動いていく。

——泥棒と若殿——

「世間は絶間なく動いてます、人間だって生活から離れると錆《さ》びます、怠惰は酸を含んでますからね」

――〔戯曲〕破られた画像――

❖

「こなたは世間を汚らわしい卑賤なものだと云われる、しかし世間というものはこなた自身から始るのだ、世間がもし汚らわしく卑賤なものなら、その責任の一半はすなわち宗方どのにもある、世間というものが人間の集りである以上、おのれの責任でないと云える人間は一人もない筈《はず》だ、世間の卑賤を挙げるまえに、こなたはまず自分の頭を下げなければなるまい、すべてはそこから始るのだ」

――武家草鞋《わらじ》――

❖

「人間のしたことは、善悪にかかわらずたいていいつかはあらわれるものです、ながい眼で見ていると、世の中のことはふしぎなくらい公平に配分が保たれてゆくようです」

——ちくしょう谷——

◈

この世で起こる出来事の多くは、しばしば計算からはずれるものだ。人間が生きものであり、世の中が生きて動いているからだろう。

——ながい坂——

◈

「人間の命ほど大事なものはないが、その命は世の中ぜんたいのつながりと切りはなすことはできない、世間の道徳や秩序をふみにじって我欲をとおす者は、おのれでおのれの命を打ち砕くようなものだ」

——改訂御定法——

「人間はたいてい自分の五官によって生きる、個人の五官は一つの星のようなもので、そこに起こるどんな現象も、その五官の範囲内でしか理解も処理もできない、つづめたところ、人間は自分の五官の壁にとりまかれているようなものだ、けれども星はほかにもある、星は一つだけではない、一人の人間をとりまく五官の壁のそとにも、無数の星があり、それが相互に釣合《つりあ》いを保つことで、世の中というものが動いてゆくのだろう」

——ながい坂——

◈

「人間は正しく生きようとすると、とかく世間から憎まれるものです」

——武家草鞋——

◈

「どんな人間だって独りで生きるもんじゃあない、——世の中には賢い人間と賢くない人間がいる、けれども賢い人間ばかりでも、世の中はうまくいかないらしい、損得勘定にしても、損をする者がいればこそ、得をする者があるというもんだろう」

――さぶ――

◈

「そのことに情熱と良心と責任をもたない人間がやれば、この世のあらゆることがらが堕落し腐ってしまいます」

――大納言狐《だいなごんぎつね》――

◈

「病気にかかるのは人間ばかりではない、世の中も病んでいるときがある、人躰《じんたい》の病気も世間の病気も似たようなものだ」

――ながい坂――

人と人のつながり

人間は生きているというだけで誰かの恩恵を蒙《こうむ》っている。他人の造った家に住み、他人の作った米麦を喰べ、他人の織った着物を着る、日々の生活に欠かせない有《あら》ゆる必要な品々が、すべて見も知らぬ他人の丹精に依《よ》って出来たものだ。ひとから物を借りれば、いつかは礼を付けて返さなければならない。返せない借物なら、それに代るだけの事をするのが人間の義理である。世の中に生きて、眼に見えない多くの人たちの恩恵を受けるからには、自分も世の中に対してなにかを返さなければならないだろう。

――新潮記――

❖

「人間はみんな自己主張をし、自己弁護をするものらしい、自分では公平であると信じながらね、――それでもどうにか折合ってゆけるんだから、世間はうまくできているものさ」

――虚空遍歴――

◈

人間が人間を嫌い、好き、愛したり憎んだりする「本質」はなんだろう。東西の神話がいずれも混沌《こんとん》から始まっていること、ソドムとゴモラという想定の生れるのは、ここから出ているのではないか。親子のあいだにさえ好悪《こうお》や嫌厭《けんえん》がある、まして個性を持った他人どうしに、嫉視《しっし》や敵対意識や、競争心や排他的な行動のあるのが当然じゃあないだろうか。人間の生きかたにはどんな規矩《きく》もない、現在あるようにあるのが自然なのだろう。

――おごそかな渇き――

◈

「主従とか夫婦、友達という関係は、生きるための方便か単純な習慣にすぎない、それは眼に見えない絆《きずな》となって人間を縛る、そして多くの人間がその絆を重大であると考えるあまり、自分が縛られていることにも気がつかず、本当は好ましくない生活にも、いやいやひきずられてゆくんだ」

——栄花物語——

◈

つまずいて転んだままのびてしまう人を見ると、見ている者までが脱力感におそわれる。これに反して、転んでも転んでも起きあがってゆく人を見ると、こちらまで勇気づけられる。これはどんな状態になっても人間はひとりではなく、いつも人間どうしの相互関係でつながれている、ということであろう。

〈金銭について〉

◈

人に心配させたくない、人によけいな気遣いをさせたくない。これも人間だけがもっている感情だ。

——おごそかな渇き——

親と子

可哀そうにと思うあまりついあまやかしたくなる。しかしそれは了に対する愛にはならず寧ろ自分の感情に負けるだけなのだ。子供はそれほどには思わないものを、親が自分で自分をあまやかすに過ぎない。

――蒴犀敷――

◈

子を殺すことも、また母親の大きな愛情の一つである。それが止当であるかどうかは別として、子供の仕合せを願う母の愛は、その仕合せが絶望だとみれば、愛情のゆえに子を殺すことができる。

――五月雨《さみだれ》日記――

「無いなかから子に飴を求めてやることはやさしい、自分の口を詰めても遣れるものです。そうしてよろこぶ子の顔を見ることが、母親というもののなによりの満足です、けれども手にある飴を『遣らずにおく』ということはむずかしいのですよ、母親は誰しも心に飴を持っています、そして絶えず、それを遣って子のよろこぶ顔を見たい、という欲望に駆られるものです」

――二粒の飴――

◈

「仕合せとは親と子がそろって、たとえ貧しくて一椀の粥《かゆ》を啜りあっても、親と子がそろって暮してゆく、それがなによりの仕合せだと思います」

――糸車――

◈

「あたしは親を悪く云う人間は大嫌いだ、金持のことは知らないよ、金持なら子供にどんなことでもしてやれるだろう、貧乏人にはそんなまねはできやしない、喰《た》べたい物も喰べさせてやれないし着たい物も着せられない、遊びざかりの子を子守に出したり、骨もかたまらない子に蜆《しじみ》売りをさせたり、寺子屋へやる代りに走り使いにおいまわしたりするだろう、けれども親はやっぱり親だよ、——

貧乏人だって親の気持に変りはありゃしない、もしできるなら、どんなことだってしてやりたい、できるなら、……身の皮を剝《は》いでも子になにかしてやりたいのが親の情だよ、それができない親の辛い気持を、おまえさんいちどでも察してあげたことがあるのかい」

——かあちゃん——

◈

幼いということは、それ自身ひとつの正しさをもつ。成長しようとする本能は純粋だから、選択も迷いがなく、たしかであるかも知れない。

——菊屋敷——

「養育するのではない、自分が子供から養育されるのだ、これが子供を育てる根本だ」

──菊屋敷──

くらしに安らぎを

人間はつまるところ、おのおのの生活にはいってゆく。生活は世の中の機構のなかにあるから、惰性と常識に馴れてゆくよりしかたがない。

——山彦乙女——

❖

生活というものはなにかを生みだすものだ。

——葦《あし》——

❖

飯は軽く一杯、妻女一人をもてあます者と、三度三度、飯は五杯も喰べ、妻のほかに愛人をもち、なお売女《ばいた》に接しなければ、健康に害がある、という者とある。

極めて卑近な、この両者を比較するだけでも、その差から生ずる、末ひろがりの対立関係は、かなしいほど救い難い。生活力の強い者は、それの弱い者に勝つ。どうしたって勝つのである。消化器官と生殖機能。そして健康と才能。この四つの条件が均一平等にならなければ、強者と弱者、治者と被治者という対立は、永遠に続くだろう。博愛思想や、道義精神、人間的理性などでは、とうてい克服することはできない。

――山彦乙女――

◈

かれらはみんな、平常で安穏《あんのん》な生活の中にいる。朝は健康な気分で眼をさまし、家人が腕をふるった食事をとり、出仕《しゆつし》すれば一日の事務に精をだす、同僚とたのしく茶飲み話しをし、こころよく疲れて帰る。それから風《ふ》呂《ろ》に入り、子供をあやし、美味《うま》い夕食を喰《た》べて、知人のところへ碁将棋《ごしようぎ》をしにゆくか、妻と二人でゆっくり酒にするかする。寝間は静かで温かく、眠りはさまたげられることもなく深い。家計が窮屈だとか、少しばかり出世がおくれているとか、同僚とのちょっとした不和、家族のあいだのつまらない感情のもつれ、などということのほかに、たいした不満や不平もないだろう。

——それが生活というものだ。

世の中の大多数の人たちはそういう生活をしている。そしてまた、そういう人たちの中にはそういう生活に飽きてもっといきいきした、冒険や刺《し》戟《げき》のある生きかたを求める者もある。だが、それは安穏で無事な生活の中にいて、現実の仮借なさを知らないからにすぎない。かれらのすぐ隣りにはべつの生活がある。そこには生きることの不安や、怖《おそ》れや、貧困、病苦、悲痛や絶望がせめぎあってい、悔恨や憎悪《ぞうお》や復讐《ふくしゆう》心などのために、心の灼《や》け爛《ただ》れるおもいをしている人たちがいる。これらの人たちは、渇《かわ》いた者が水を求めるように、静かで平安な生活にあこがれている。どのようにささやかであろうと、しっかりした根のある、おちついたくらしがしたいのだ。

——樅《もみ》ノ木は残った——

◈

人間をしっかりと摑《つか》む生活感情の力はなみたいていのことで断ち切れる

ものではない。まして好むと否とにかかわらず頽廃《たいはい》は人を酔わすものだ。

——新潮記——

◈

「妻をもち、子が生れ、温たかい家庭ができる。勤めにも故障がない、という状態が、精神をふやけさせ、人間を飼い犬のようにする」

——山彦乙女——

それぞれの仕事

人間には働きたいという本能がある。職業には関係なく、つねになにかせずにはいられない。他人にはばからしくみえても、当人は精根をうちこまずにはいられないような仕事もある。見た眼に怠け者のようだからといって、しんじつ怠け者であるかどうか、誤りのない判断が誰《だれ》にできるだろう。あらわれたかたちに眼を昏《くら》まされてはいけない、人の評にひきずられてはならない。

――ながい坂――

◈

「風車というものは竹の親串《おやぐし》と、軸と、留める豆粒と紙車で出来ている。けれども、こうして風に当てて廻るのは紙の車だけさ、人もこの廻るところしか見やしない、親串を褒める者もなし、軸がいいとか、豆の粒がよく揃《そろ》ったとか云う者もない、つまり紙の車ひとつを廻すために、人の眼にもつかない物が三つもある。しかもこの三つの内どの一つが欠けても風車には成らない、また串が紙車になりたがり、豆粒が軸になりたがりでは、てんでんばらばらで風車ひとつ満足に廻らなくなる。……世の中も同じようなものだ、身分の上下があり職業にも善し悪しがある、けれどもなに一つ無くてよいものはないのさ、お奉行さまが要れば牢番《ろうばん》も要る、米屋も桶屋《おけや》も、棒手振《ぼてふり》も紙屑買《かみくずか》いも、みんなそれぞれに必要な職だ。わたしのように一文飴屋も、こうして暮してゆけるところをみると、これでやっぱりなにかの役には立っているのだろう、みんなが一文飴屋になっても困るが、みんなお奉行さまになってもまた困る、……桶屋も百姓も叩き大工も、自分の職を精いっぱいやって、幾らかでも世の中のお役に立っているとすれば、その上の不平や愚痴は贅沢というものだ、わたしはそう思っているがね」

——足軽奉公——

◈

人間のすることにはいろいろな面がある。暇に見えて効果のある仕事もあり、徒労のようにみえながら、それを持続し積み重ねることによって効果のあらわれる仕事もある。

——赤ひげ診療譚《しんりょうたん》——

◈

「百姓も猟師も、八百屋も酒屋も、どんな職業も、絵を描くことより下でもなく、上でもない、人間が働いて生きてゆくことは、職業のいかんを問わず、そのままで尊い、——絵を描くということが、特別に意義をもつものではない」

——おれの女房——

◈

「世間でよく名人気質《かたぎ》などということを云うけれども、どんな名人上手《じょうず》だって世間の飯を食ってるからには、世間の約束をおろそかに思っちゃあならない」

——江戸の土圭師《とけいし》——

人間はその分に応じて働くのが当然である。人間と生れてきた者には、死ぬまでにやりとげられるかどうかわからないほどの、それぞれの仕事を負っているのだ。

——ながい坂——

❖

少しでもよい仕事をしようとつとめている者にとって、その仕事を褒められるほど嬉しいことはない。

——糸車——

❖

「人間にはそれぞれ性に合った職がある、性に合わねえ事をいくらやったってものになりゃあしねえ」

——あとのない仮名——

❖

◈

たいていの人間が自分の職業に満足していないらしい。口ではどう云おうとも、心の中では自分の職業を嫌《きら》うか、軽蔑《けいべつ》するか、憎みさえしている者が少なくないようだ。

——季節のない街——

◈

創意やくふうのない仕事、進歩のない事務ほど、人を疲らせ、飽きさせるものはない。

——山彦乙女——

金銭について

「人間の生きかたは一つしかないんだ。貸方になるかそれとも借方に廻《まわ》るか——大事なのは金ではなく、金のどちら側へ立つかなんだ」

——世間——

◈

貸方と借方とは人間関係を決定する。

——世間——

◈

貯蓄というものは、ある家庭が、生活に必要なものを充分に使い、生活をエンジョイする方面にも充分に使い、そうして余ったものを貯《た》めるのが、貯蓄だと私は思うのでありまして、着るものをツメる、飲むものをツメる、食べるものをツメるというふうにして貯める金は、貯蓄ではなくして、命のあっちを削り、こっちを削れ、という吝嗇《りんしょく》のすすめだと私は考えます。

〈金銭について〉

◈

金銭というものは、あってしばしば便利である。しかし、なければ絶対に生活できないものではない。ただ生活するのには、便宜上あるはうが、たまたま便利である、という程度のものであると思う。

〈金銭について〉

◈

「金があって好き勝手な暮しができたとしても、それで仕合せとはきまらないものだ、人間はどっちにしても苦労するようにできているんだから」

——柳橋物語——

金さえあれば何かができる、と思ったら大きな間違いで、金があったって何もできない。

〈金銭について〉

❖

人間、本当に生きようと思って、実際にその生きることに情熱を感じて仕事をしていれば、金というものは附帯的についてくるものです。金をもうけることを目的としている守銭奴、ないしは利殖家、そういうものは別として、普通の最大多数の人間の生活では、金は従属的なものであって、主体性はないものである。

〈金銭について〉

❖

「金というやつは、持っている人間によって汚れもすれば清くもなる」

勤労の裏づけのない富は人間を誤る。

——栄花物語——

——うぐいす——

貧者の宝物

「人間には意地というものがある、貧乏人ほどそいつが強いものだ、なぜかといえば、この世間で貧乏人を支えて呉れるのはそいつだけなんだから」

――柳橋物語――

◈

貧乏と、屈辱と、嘲笑《ちようしよう》と、そして明日の望みのなくなったときこそ、はじめて我々は人生に触れるのだ。

――溜息《ためいき》の部屋――

◈

「貧しい者はお互いが頼りですからね、自分の欲を張っては生きにくい」

すさんだ生活をして来た者の中には案外「世間知らず」な人間がいるものである。食う心配ばかりして育って来たのに、少しも貧乏というものを知らない人間——というのは、貧しい人たちに対して同情のない、独善家という意味である——が、かなり多いのと同じように。

——雨あがる——

◈

「本当に貧しく、食うにも困るような生活をしている者は、決してこんな罪を犯しはしない、かれらにはそんな暇さえありはしないんだ、犯罪は懶《らん》惰《だ》な環境から生れる、安逸から、狡猾《こうかつ》から、無為徒食から、贅沢《ぜいたく》、虚栄から生れるんだ、決して貧乏から生れるもんじゃないんだ」

——寝ぼけ署長——

◈

——青べか物語——

「貧乏人ほど世間をおそれ、悪いことを恥じるものはない」

――壱両千両――

◈

「富者の万燈より貧者の一燈ということがある。これは貧者の信心こそ仏の意志にかなうという意味らしいが、じつはまったくのたばかりだ」

――赤ひげ診療譚――

◈

乞食になるということも、簡単ではない、誰《だれ》にでもおいそれとなれるものではなかった。乞食になるには、それだけの踏ん切りがなければならなかった。勇気がなければならなかった。乞食になるということは、きりっとした勇気のある証拠かもしれなかった。

――よじょう――

「落魄《らくはく》とは何だ、もっとも高く己れを持する者のみに与えられた美酒ではないか」

——溜息の部屋——

この街

「裏長屋の暮しをみ給え、かれらは義理が固い、単なる隣りづきあいが、どんな近い親類のようにも思える、他人の不幸には一緒に泣き、たまに幸福があれば心からよろこび合う、……それはかれらが貧しくて、お互い同志が援《たす》け合わなければ安心して生きてゆけないからだ、間違った事をすれば筒抜けだし、そうなれば長屋には住んでいられない、そしてかれらが住居を替えることは、そのまま生計の破綻《はたん》となることが多いんだ、なるべく義理を欠かないように、間違ったことをしないように、かれらはその二つを守り神のように考えて生きているんだ、かれらほど悪事や不義理を憎むものはないんだよ」

——寝ぼけ署長——

この街には人間と生活の「原型」がある。貧困と無知の中に、その日かせぎのくらしをしているけれども、ここには無限な可能性が胚胎《はいたい》している。なになに大臣が豆腐屋から成り上った、などという類とはおよそ無縁な、こつこつとつつましく、自分の生活をものにしてゆく人たちがいるのである。

〈季節のない街・舞台再訪〉

◈

その横町へはいってゆくと、ふしぎな心のやすらぎを覚えた。そこにはつつましい落魄と、諦《あきら》めの溜息が感じられた。絶望への郷愁といったふうなものが、生きることの虚《むな》しさ、生活の苦しさ、この世にあるものすべてのはかなさ。病気、死、悲嘆、そんな想《おも》いが胸にあふれてきて、酔うようなあまいやるせない気分になるのであった。

——嘘《うそ》アつかねえ——

「お座敷てんぷらの、白っぽく、上品にとりすました揚げかたは、ばちがいだと下町の客は云う。狐色《きつねいろ》よりやや濃い色に、ぱりっと揚げたやつこそ本筋で、もともとてんぷらなんてやつはげて物なんだ、ちかごろは職人も客もそいつを知らねえ」

——季節のない街——

雑踏する街上において、劇場、映画館、諸会社の事務室において、人は自分と具体的なかかわりをもったとき初めて、その相手の存在を認めるのであって、それ以外のときはそこにどれほど多数の人間がいようとも、お互いが別世界のものであり、現実には存在しないのと同然なのである。

——季節のない街——

「家を建てるにはさ、まず門というものが大切だ、門は人間でいえば顔のようなものさね、顔を見ればあらまし、その人間の性格もわかるんだな、あらましだけれどさ」

——季節のない街——

◈

人の住んでいる家は生きているようにみえるものだ。住んでいる人によっては、その家が性格を備えているようにみえる場合さえ少なくない。

——季節のない街——

主人公たちの名セリフ(三)

「人間のすることに、いちいちわけがなくっちゃならない、ってことはないんじゃないか、お互い人間てものは、どうしてそんなことをしたのか、自分でもわからないようなことをするときがあるんじゃないだろうか」

――「さぶ」さぶ――

＊

「人間はあるばあい、自分や家族の安全をはかるまえに、しなければならぬことがあるもんだ、そういうときにぶつかったら、やっぱりそのほうを先にするのが本当だ」

――「蜆谷《しじみだに》」弥之助――

＊

「植えた木は或るところまでは思うように育つ、秀《ほ》の立ちかたも枝の張りかたも、こっちの思惑どおりに育つけれども、或るところまでくると手に負えなくなっちまう、自分で引いて来て移し、大事にかけて育てた木が、みるみるうちに自分からはなれて、まるで縁のねえべつな木になっちまうんだ」

――「あとのない仮名」源次――

＊

「人間にはそれぞれ見かたがあり、考えかたがある、馬鹿を馬鹿とみる者もあるし聖人だという者もある、まして貧乏人の子に生れれば、五つ六つのじぶんから、生きるための苦労をしなけりゃあならねえ、黙っていたんじゃあ菓子一つ、草履一足、自分のものにゃあならねえ、食うためにはそれこそ、親子きょうだいの仲でいがみあいだ、そうしなくちゃあ生きてゆくことができねえんだ、……とても、表通りの人間のように、きれいごとにゃあいかねえんだ」

――「ぼろと釵《かんざし》」その男――

＊

「人間は金持ちでも貧乏人でもみんな悲しい辛いことがあるんだ」

――「むかしも今も」直吉――

＊

「貧乏人は貧乏だというだけで、自分から肩身を狭くしている、世間だって貧乏人などは相手にしゃあしねえし、相手にされねえことは自分たちでよく知ってるんだ、血をしぼられるような非道なめに遭っても、お上へ訴えて出るより自分で死んじまう、どこへ出たって貧乏人の云うことなんぞとおりゃしねえ、金があって、ちゃんと暮している者にはかなわねえということを知っているからだ、おれもよく知ってる、おふくろが握り飯五つ取って泥棒と云われたのは、飢えていたからだ、おれたち一家が飢えてもいず、そんなに貧乏でもなかったら、たかが握り飯の五つくれえお笑い草で済むんだ、おらあ、……仁兵衛をやった、生かしてはおけなかった、そういう弱い貧乏人の血をしぼり、娘を売らせ、裸で放り出し、おもい余って三人も死なせやがった、生かしておけばこれからもするやつだ、おらあやらずにいられなくなってやった、それだって善いことをしたとは思やしねえ、決してそんなことは思やしなかった、だからこうして、この家と一緒に身の始末をしようとしたし、おめえが来ればおとなしく捉《つか》まりもしたんだ、口惜《くや》しいけれども、やっぱりおれも貧乏人の伜《せがれ》なんだ」

――「暴風雨《あらし》の中」三之助――

＊

「男ってものは赤ん坊からだんだん育ってゆくだろう、五つの年には五つ、十になれば十ってぐあいにさ、ところが女はそうじゃあねえ、女ってやつは立ち歩きを始めるともう女になっちまう」

――「あすなろう」政――

＊

「人の心の重さ軽さは比べようがねえ」

――「源蔵ケ原」宗吉――

＊

「自分が不自由していなくっても、ひょいと人の物に手を出してみたくなる、そういう年ごろが子供にはあるんだ」

――「ちいさこべ」茂次――

＊

「世の中には案外ということがあるもんだ、それが世間というもんだ」

――「貧窮問答」又平――

六章　作家の姿勢

権力への怒り

「権力は貪婪《どんらん》なものだ、必要があればもとより、たとえ必要がなくとも、手に入れることができると思えば容赦なく手に入れる、権力はどんなに肥え太っても、決して飽きるということはない」

——樅《もみ》ノ木は残った——

◈

現在の社会のもっている矛盾や、反人間的な多くの要素は、もうやりなおすこともできないし、抑制することもできない。剪定《せんてい》をしない果樹が、そのまま実を付けるだけ付けて、やがてその重みのために自ら折れるように、人間の組立てている社会も、その矛盾と反人間性のために、このままでは、破滅するところまでゆくに違いない。

——山彦乙女——

「この世は奪う者と奪われる者とに分れる。奪われる側に立つか奪う側に立つかで、その人間の一生が定まるといってもいい——その中間はない、人間はどちらか一方に立つほかに生きかたはないんだ」

——正雪記——

「歴史のどの一頁でもあけてみればわかる、腕力の強いやつ智恵のまわるやつが勝つ、勝ったやつが政権を握る、べえ独楽《ごま》に勝ったやつがべえ独楽をふんだくるようにです、そしてふんだくったべえ独楽が彼のものであって、泥溝《どぶ》へ捨てようとしまって置こうと叩っ毀《こわ》そうと彼の自由であるように、政治もまたそれを握った権力者の自由でしょう。

ただ違うところはべえ独楽は物質だが人間は生きてますからね、べえ独楽は泥溝へぶち込もうと叩っ毀そうとなんにも云わないが、人間は首を吊ったり身投げをしたり、親子夫婦が別れたり泣いたり喚いたりします、それでいてやっぱり勤労するし、愚痴をこぼしながらいかなる重税でも納めます、それがかれらの運命なんですから、……なんのふしぎがありますか、政治は権力者の玩具《おもちゃ》であり、趣味、道楽、気なぐさめ、決して一般愚民どものためにあるものじゃありません」

——半之助祝言——

◈

「源氏であれ平家であれ、人間がいったん権力をにぎれば、必ずその権力を護るための法が布《し》かれ、政治がおこなわれる、いついかなる時代でもだ」

——赤ひげ診療譚《しんりょうたん》——

◈

「政治というものには権力が付きものだし、権力というやつは必ず不義と圧制をともなう。それは、その席に就く人物の如何《いかん》にもかかわらないし、決して例外はない」

政治はいやなものだ、国を治めるには政治が正しく行われなければならない、政治はなくてはならないものだ、しかしそこには必ず権力がついてまわる、人間生活のためにある政治が、いちど権力を持つと逆に人間を圧迫し、人間を搾《しぼ》り、人間を殺しさえする。

――山彦乙女――

◈

「政治は庶民のことなんか考えやしない。政治というやつは、征服者が権力を執行するために設けた機関さ、いかなる時代が来、いかなる人がやっても、政治がその原則から出ることはないんだよ」

――天地静大――

◈

――栄花物語――

政治というものは、それ自身が横暴と不正と悪徳を伴うものであって、どんなに清高無私の人間がやってもいつかは必ず汚濁してしまう。

——思い違い物語——

◈

政治と一般庶民とのつながりは、征服者と被征服者との関係から、離れることはできない。政治は必ず庶民を使役し、庶民から奪い、庶民に服従を強要する。いかなる時代、いかなる国、いかなる人物によっても、政治はつねにそういったものである。

——山彦乙女——

◈

庶民の知恵はつまるところ権力や富の狡猾《こうかつ》とわる賢さにはかなわない。

——牛——

◈

しょせん政治と悪徳とは付いてまわるし、そうでない例はない。

――日日平安――

❖

人間はのがれがたい圧政に苦しめられると、自殺をするか革命を起こすか楽天主義者になるかのいずれかを選ぶようである。

――牛――

❖

「百のものを百に切廻すのは個人の家政で、百のものを千にも万にも活かして働かすのが政治というものだ」

――彩虹《にじ》――

◈

「あらゆる病気に対して治療法などはない、医術がもっと進めば変ってくるかもしれない、だがそれでも、その個躰《こたい》のもっている生命力を凌《しの》ぐことはできないだろう、医術などといってもなさけないものだ、長い年月やっていればいるほど、医術がなさけないものだということを感ずるばかりだ、病気が起こると、或る個躰はそれを克服し、べつの個躰は負けて倒れる、医者はその症状と経過を認めることができるし、生命力の強い個躰には多少の助力をすることもできる、だが、それだけのことだ、医術にはそれ以上の能力はありゃあしない。――現在われわれにできることで、まずやらなければならないことは、貧困と無知に対するたたかいだ、貧困と無知とに勝ってゆくことで、医術の不足を補うほかはない、それは政治の問題だと云うだろう、誰でもそう云って済ましている、だがこれまでかつて政治が貧困や無知に対してなにかしたことがあるか、貧困だけに限ってもいい、江戸開府このかたでさえ幾千百となく法令が出た、しかしその中に、人間を貧困のままにして置いてはならない、という箇条《かじょう》が一度でも示された例があるか」

——赤ひげ診療譚——

◈

「どんな富のちからだって、権力だって、人間の愛を抑《おさ》えたり枉《ま》げたりすることはできやしない、またそんな権利もない」

——寝ぼけ署長——

日本人について

日本人は「絶望」を知らない。絶望するまえに諦観に入ってしまう。
〈断片—昭和二十五年のメモより〉

◈

「散り際《ぎわ》をいさぎよくせよ、さくら花の如《ごと》く咲き、さくら花のようにいさぎよく散れ、——いやな考えかただな。この国の歴史には、桜のように華《はな》やかに咲き、たちまち散り去った英雄が多い、一般にも哀詩に謳《うた》われるような英雄や豪傑を好むふうが強い、どうしてだろう、この気候風土のためだろうか、それとも日本人という民族の血のためだろうか。こんなふうであってはならない、もっと人間らしく、生きることを大事にし、栄華や名声とはかかわりなく、三十年、五十年をかけて、こつこつと金石を彫るような、じみな努力をするようにならないものか、散り際をきれいに、などという考えを踵にくっつけている限り、決して仕事らしい仕事はできないんだがな」

――天地静大――

◈

「たしかに日本人には木造建築が合ってるけれども、こういう、木と泥《どろ》と紙で出来てる家にばかり住んでるとさ、長いとしつきのあいだには、民族の性格までがそれに順応して、持続性のない軽薄な人間ができてしまうんだな」

――季節のない街――

◈

「いったい日本人は無用の知識が多過ぎる、いわゆる高級総合雑誌をみたまえ、月々それらの誌上には哲学、社会学、人類学、科化学、中学、国際事情、経済学などという有ゆる思想、批判、論駁《ろんばく》、証明の類がぎっしり詰っている、そしてかかる雑誌が多く売れ、読者の数が逓増《ていぞう》すれば、それで日本の文化水準が高まったと信じて誇る、愚《ぐ》や愚や汝《なんじ》を如何《いかに》せん」
——寝ぼけ署長——

◈

みんながひどく慌てている。なにか眼に見えない巨大な力に追われて、右往左往に慌てふためいている。私にはそんなふうに思えてならない。なにかが迫っているため、いまのうちに生きられるだけ生きたい。堅実に仕事などをしていてはまにあわない。どかっと儲《もう》けて派手に享楽しなければ、それが来てなにもかもおじゃんになってしまう。野生の動物は嵐を予感して、安全な場所へ移動するというが、人間は地球の外へ逃げることはできない。とすれば、それが来るまえにできるだけ多く生きることだ。——人間ぜんたいが本能の最深部で、こういう共通の恐怖に駆られているのではないかと思う。

〈それが来る〉

時のながれ

休まずに流れているのは川だけではない。世の中も人間も時のながれの中にいるし、そのながれは一瞬もとどまることがないのだ。流れ去ったものは帰らない。

——ながい坂——

◈

時の勢いの動きには、人間の意志を超えたなにかの力が作用しているようだ。人の心はその動きにつれて変化する、わかりきったことだ。歴史はそういうことを繰り返して来たし、これからも同じような繰り返しを続けてゆくだろう。

——樅ノ木は残った——

時はすべてのものを癒《い》やして呉れる。どんなに深い悲しみも苦しみも、やがては忘れる時が来るだろう。

——野分——

❖

時はあらゆるものを掠《かす》め去るものだ、どんなに大きな悲しみも苦痛も、過ぎてゆく時間に癒《いや》されないものはない。

——墨丸——

❖

歴史というものは、概括して、その時の政治のかたち、権力の在り方によって、修正され、改ざん、ねつ造もしくはまっ殺されたりしているものであります。

〈歴史的事実と文学的事実〉

そう話をつみ重ねるのは歴史であり、そのなかに人間性を捜すのが小説である。文学は決して歴史を証明するものではなくて、歴史その他あらゆるものの中から吸収するものだ、と思う。

〈歴史的事実と文学的事実〉

世間のさまも変る、人の心も絶えず移ってゆく、有らゆるものが瞬時も停ってはいない、この世には不易なものはなに一つとして存在しない。

——古い樫木《かしのき》——

「この天地の間にある物はすべて移り変る、いまかたちがあっても焼けて灰になり腐って土となる、山は崩れるし川は……つまりそういうようにいろいろと絶えず移り変っている、天地が亡びても亡びない、……まあ云ってみれば真如とはそういうものだ」

――荒法師――

自然と人間

自然の容赦のない作用に比べれば、貧富や権勢や愛憎などという、人間どうしのじたばた騒ぎは、お笑いぐさのようなものかもしれない。

——ながい坂——

◈

自然は生きている。人間は自然を破壊することができるかもしれないが、征服することはできない。プルトニューム239を創《つく》りだし、水素爆弾の投げあいで、地球ぜんたいを破滅させることができるだろう。しかしそれは破壊であって征服ではない。

——おごそかな渇き——

「しぜんのままに従うのは禽獣草魚だけだ。田や畑は、しぜんに任せると役にも立たない雑草に掩《おお》われてしまう。人間は選択《せんたく》し、刈り、抜き、制限する。これは反自然だが、人間を利益し進歩させる」

——葦《あし》——

◈

人間は自然のために翻弄《ほんろう》されてきた。恵まれ与えられると同時に、奪われたりふみにじられたりする。自然そのものは云いようもなく荘厳で美しいが、その作用はしばしば恐怖と死をともなう。人間はその作用とたたかい、それを抑制したり、逆用したりすることをくふうしてきた。その幾十か幾百かはものにしたが、どの一つも完全にものにはできなかった。用心していても、しっぺ返しにあうようなことが繰返されるのだ。

——ながい坂——

◈

強い風のために、枝の折れる木もあり、びくともしない木もある。

――枡落《ますおと》し――

いちど台風や豪雨や旱魃《かんばつ》がくれば、人間の造りあげたものなどはけしとんでしまう。それは自然の脈動と呼吸だ。人間はその中で生きているのだ。悲しみや絶望、よろこびや貧窮、戦争や和平、悪徳や不義の中にさえ、自然の脈動や呼吸は生きているのだ。だがそれだけではない、なにかはかり知れない力が人間を支えている。どんなに打ちのめされ叩き伏せられても、それで諦《あきら》めたり投げてしまったりはしない。切れた堤を築き直し、石を一つずつ積み、崩れた崖《がけ》を均《な》らし、流された家を再建したりして、逞しく立ち直ってゆく。――これはただ自分の生活を取り戻したいからだろうか。いや、そうは思えない。表面的にはそう見えるが、決してそれだけではない。

――おごそかな渇き――

土というものは耕やす者の心をうつす。

――萱笠《すげがさ》――

◈

「花を咲かせた草も、実を結んだ樹々も枯れて、一年の営みを終えた幹や枝は裸になり、ひっそりとながい冬の眠りにはいろうとしている、自然の移り変りのなかでも、晩秋という季節のしずかな美しさはかくべつだな」

――晩秋――

◈

小説の効用

私は、自分がどうしても書きたいというテーマ、これだけは書かずにはおられない、というテーマがない限りは、ぜったいに筆をとったことがありません。それが小説だと思うんです。

〈歴史と文学〉

◈

私が書く場合に一番考えることは、政治にもかまって貰えない、道徳、法律にもかまって貰えない最も数の多い人達が、自分達の力で生きて行かなければならぬ、幸福を見出《みいだ》さなければならない、ということなのです。一番の頼りになるのは、互いの、お互い同士のまごころ、愛情、そういうものでささえ合って行く……、これが最低ギリギリの、庶民全体のもっている財産だと私は思います。

〈お便り有難う〉

作者はつねに「書かずにはいられない」主題があって小説を作るが、その主題が最大多数の読者と無縁なものであったり、単にその作者の「情熱の燃焼」だけで終るもの、すなわち、読者に対してなんらかの「効用」をそなえていないものは、あとまわしである。

❖

〈小説の効用〉

❖

およそ小説作者ならだれでもそうであろうが、書いてしまったものには興味を失うものだ。それは作者から出ていって、読者のものになったのであり、作者とは縁が切れてしまうからであろう。

〈すべては「これから」〉

❖

文学というものは、政治や経済、権力から分離した、そういうものの力の及ぼさないところに、強力な自己主張をするものだと思う。

〈歴史と文学〉

◈

「いったい世間の人は小説をなんだと思っているかしらん、小説とは小《わか》さに説くといって、論語や孝経なんというむずかしい理屈を、老幼児女にわかりよく解いて知らせるものですぜ、波瀾重畳《はらんちょうじょう》、恋あり、闘争あり悪人善人相剋《そうこく》して筋をなす、面白おかしく読んでいくうちに善を勧め悪を懲らすという、人道の正しきところを教えるりっぱな読み物なんだ、さっき云った字ばかり読むのは素人だというのはつまりそこさ、筋ばかり読んで作者の本意を察しない者が小説をいちがいに不道徳だなんていう、つまり経を誦《ず》して仏を識《し》らざるのたぐいだ」

――新潮記――

❖

よき一編の小説には、活きた現実生活よりも、もっとなまなましい現実があり、人間の感情や心理のとらえがたき明暗表裏がとらえられ、絶望や不可能のなかに、希望や可能がみつけだされる。

〈小説の効用〉

❖

読書、なかんずく小説を読むよろこびは、もう一つの人生を経験することができる、という点にある。こちらに積極的な「読み取ろう」とする気持がありさえすれば、たいていの小説はそれを与えてくれるものだ。というより、ある場合には現実の生活では得られない情緒や感動を、現実よりもなまなましく、——ときには肉体的にまで、——経験することができる。

〈無限の快楽〉

❖

読書ということは、人間の創造したもっとも価値の高い快楽の一つだと思う。

〈無限の快楽〉

◈

「批評」はむずかしいものである。それは通貨の真贋《しんがん》を判別するというようなわけにはまいらないし、社会的、文化的な良識と、なによりも冷静公平な客観性が必要である。

〈小説の効用〉

言葉と芸術

まったく言葉ほど不完全な、不自由きわまるものはない。どのようによく選みどれほど巧みに云いまわしても、そうすればするほど真実から離れてしまう。人と人とのあいだに或る程度の折り合をつけるほどのことしか言葉にはできない。

――新潮記――

❖

「言葉は人間が拵《こしら》えたものだ。どうにでも取繕ったりごまかしたりすることができる……しかし言葉の裏にある本心はごまかせない」

――夜明けの辻《つじ》――

❖

「言葉ぐらいと仰せかもしれませんが、使いようによっては言葉だけで人を殺す場合もございます」

――法師川八景――

◈

思うことをまさしく伝えようとするには文字ほどたのみにならぬものはない。

――忍緒――

◈

すべて芸術は人の心をたのしませ、清くし、高めるために役立つべきもので、そのために誰かを負かそうとしたり、人を押退《おしの》けて自分だけの欲を満足させたりする道具にすべきではない。

――鼓《つづみ》くらべ――

芸術は真に入るほど、世俗からはみすてられる。

――樅ノ木は残った――

◈

画でも音楽でも、芸術性とは独自性と新しい発見をそなえているかどうか、ということではないだろうか。

〈小説の芸術性〉

◈

「才能のある人間が新しい芸を創《つく》りだすのは、古い芸にかじりついているよりよっぽど本筋だ、世間なみの義理や人情のために、創りだせるものを殺しちまうとすればそれは本当の芸人じゃあねえ、本当の芸っていうものはな、――ときには師匠の芸を殺しさえするもんだぜ」

――虚空遍歴――

◈

芸というものは、八方円満、平穏無事、なみかぜ立たずという環境で、育つものではない。あらゆる障害、圧迫、非難、嘲笑《ちようしよう》をあびせられて、それらを突き抜け、押しやぶり、たたかいながら育つものだ。

——虚空遍歴——

解説

木村久《く》邇《に》典《のり》

見方によっては、山本周五郎ほど箴言《しんげん》の多い文学者は、昭和時代に限ってみても珍らしいのではないか——と、周五郎ファンを自任する知友が云《い》った。わたくしもまったく同感である。

たとえば山本が、まだ文壇に足場をもたなかった無名の青年時代、千葉県・浦安に寓居《ぐうきょ》して文学と血みどろな格闘を繰り返しながら書き綴《つづ》った『青べか日記』は、叙事的な記述を除いては、ほとんど箴言から成り立っているといってもよいほどである。

山本周五郎を評して〝人生派作家〟とする評家が多いのは、山本に箴言を配置した作品が多いこととも連係しているように思われる。

山本と青年時代から親交のあった山手樹一郎が、わたくしにこう語ったことがある。

「山本君の酒は説教酒でしてね。飲むとかれ一流の人生論的な説教が始まる。若いころからそうでしたよ」

したがって、同じ年配の文学仲間たちのあいだでは、山本の箴言にみちた人生論は、ヤレヤレまた始まったかといった雰囲気《ふんいき》で敬遠されたものらしい。雑誌「日の出」の編集者だった和田芳恵も、太平洋戦争期に中堅時代にさしかかっていた山本と接する機会がしばしばあった由《よし》だが、

「山本さんとつき合うと、気疲れがしましたよ」

と語ったものであった。わたくしにも、正直な感想だっただろうと思われた。会話の細部にも神経を配る〝説教〟調の連発が、同じ年ごろの仲間うちで煙たがられるのは、今も昔もかわらぬ人間心理であろうし、その都度、山本周五郎がいら立たしく、口惜しい思いを味わったであろうことも想像に難くない。

だが、山本よりも年齢の若い、そして山本を畏敬《いけい》する世代の青年たちが、率直、坦懐に山本の言々に耳を傾けたばあいには、山本の言葉は何ものにもまさる重みと、暗示さえたたえて、かれらの人生行路の指針として、深い感動とともに胸奥に刻みつけられたはずである。

明治以降の日本近・現代文学のなかで、人間の魂の根底からゆさぶるような、強く激しい感動性をもつ作品を問いつづけた作者を尋ねられるならば、わたくしは躊躇《ちゆうちよ》することなく、山本周五郎を、その第一に挙げる。

山本の晩年、文学談議の席に加わることの多かった石塚友二（俳人・作家）は、山本を評していう。

〈山本さんの作品の底を流れているものを、私流に汲取《くみと》って表白するならば、それは人間という生きものの哀れさに対する無限の慟哭《どうこく》である。殊《こと》にも、日蔭《ひかげ》に生きる運命に対する慟哭の熱さである〉と。

まさにその慟哭の熱さが、読者をまるごと包み込んでしまうのである。

他人のうけた心の傷を、山本は当人よりももっと鋭く感じ、傷つくことができた。これは人間の〝思いやり〟の原点である。山本から直接に聞いた話であるが、ある文学者の会合に、あまり売れない親しい仲間の作家と出席したところ、来合わせた無神経な某作家が、山本の仲間に「何日も食っていないってな不景気な顔をしてるじゃないか」とひやかしたのに激しく立腹した山本が、某作家に絶交を宣して席を蹴《け》って退席したことがあったという。山本がいう。「彼は本当に何日も食っていなかったんだ。オレはそんなことを平気でからかうヤツの無礼な無神経さに我慢ならなかった」。

なんという熱い思いやりであろう。山本作品のすべてに、この思いが貫流しているといってよいであろう。

文学――とくにフィクションの低迷が言われるようになって久しい。これは同時に感動性に富んだ作品が少なくなっていることと無関係ではあるまい。山本作品の感動性が更《あらた》めて珍重なものに思われてくる。

本書に収められた山本の箴言を通読して興味ぶかかったのは、山本の人生観、文学観の木目《もくめ》が、おのずからここに洗いだされていることであった。

とくに、〝生〟の肯定、〝愛〟の尊さ、の強調が、確信をもって語られている点に、新たな感銘をうけた。ただ山本の一語一語は、多くの暗示と比喩《ひゆ》に満ちていると同時に、端倪《たんげい》すべからざる表現の多様性を兼ね備える面があり、一つことを表裏、前後、左右、上下から照射するために、読み方によっては、まったく正反対の言い回しとみられかねないものもある。より踏み込んで山本の真意を洞察ねがいたいのである。その視点に立てば、山本の言葉は、より深みと幅を増すはずである。また、心に残った言葉があれば、是非、原作品にあたられて、作品全体の流れの中でその言葉を味読されればいっそう理解は深まるだろう。

ちなみに、山本自身が六十三年の生涯《しょうがい》を通じて、人生の指針とした箴言をあげておこう。

〈苦しみつつ、なお働け　安住を求めるな　この世は巡礼である　ストリンドベリ

イ〉

ストリンドベリイはスウェーデンの作家。前世紀末の矛盾動揺に悩む人間を追求し、大正末期から昭和にかけてのわが国の文学、哲学青年に多大の影響を与えた。山本周五郎の浦安時代の日録『青べか日記』にも、

〈今年もストリンドベリイに感謝しよう。二五八八＝昭和三年＝一二・三一〉

〈今予はストリンドベリイの「青巻」を読んでいる。ストリンドベリイは毎度予にとっては最も大きく且《か》つ尊く良き師であり友である。予は涙をもって彼の名を口にする。二五八九＝昭和四年＝一・一五〉

山本はまたイギリス詩人ブラウニングのつぎの言葉を好み、長編『火の杯』では、左のように引用している。

〈「ブラウニングの詩にあったね、人の偉大さはなにを為《な》したかではなく、なにかを為そうとするところにある、って……」〉

山本周五郎は昭和三年から四年にかけての浦安時代、アメリカの天才民謡作曲家フォスターの伝記を読み、その生き方に心底から感動した。これにブラウニングの箴言を重ねて「私のフォスター伝」という表題で再構築しようとしたのだが、力量不足でペンディングのままになっていた。しかし作者は三十年後、長編時代小説として、こ

のテーマを完成させる。すなわち、『虚空遍歴《こくうへんれき》』（昭和三十六〜三十八年「小説新潮」）である。

主人公の中藤冲也《ちゆうや》は、旗本出身の短曲の作曲家だが、血みどろの試行錯誤をくり返した果てに、北国街道の寒駅で失敗の人生を終える。しかし、冲也の意志はなお虚空を遍歴して、音楽の神髄探究の旅に出発するのだ。まさに、人間の真価は〈なにを為したかではなく、なにを為そうとしたか〉なのである。

山本はまた、葛西善蔵《かさいぜんぞう》の〝こころ急ぐ旅ではない〟という言葉も好きであった。オレはおくてのほうだから、あせらず急がず、ポコ・ア・ポコでやっていく。辛棒づよいことにかけては自信がある、とよく言ったものだったことも付け加えておこう。

（平成六年八月、文芸評論家）

年譜

明治三十六年（一九〇三）

六月二十二日、山梨県北都留郡初狩村八十二番戸（現・大月市初狩町下初狩二二一番地）で、父清水逸太郎、母とくの長男として生まれた。本名三十六《さとむ》。兄弟に弟の潔、義妹の末子がある。生家は武田の遺臣で、北巨摩《きたこま》の大草村若尾（現・韮崎《にらさき》市大草町若尾）に帰農した御倉奉行清水政秀の後裔《こうえい》であろうとのいい伝えもある。次第に家運が傾き、祖父伊三郎の代、明治二十二年ごろ初狩へ移住したと推定される。馬喰《ばくろう》や繭《まゆ》の仲買などを家業としていた。

明治四十年（一九〇七）　四歳

八月二十五日の山津波で住家をつぶされ、祖父伊三郎、祖母さく、叔父粂次郎、叔母せきを喪った。このとき三十六の家はたまたま大月町（現・大月市）駅前の拾店《じゆうてん》運送店の二階に別居しており、難を免れた。父は北豊島郡王子町豊島二六二五番地（現・東京都北区豊島二丁目十六番地）に仮寓《かぐう》中だったので、母に伴われて上京、合流した。

明治四十三年（一九一〇）　七歳

四月、東京府北豊島郡王子町・豊島の豊川小学校に入学した。八月十日、荒川が氾《はん》濫《らん》し、住家が床上浸水の大被害をうける。ほどなく横浜市久保町に移転、西戸部小学校へ転校。

明治四十四年（一九一一）　八歳

学区の編成替えで、近くの西前小学校二年に転学した。父は横浜でも繭の仲買を営んだが、のち生《き》糸《いと》の仲買、金融業、小料理店の経営、三業組合書記などの職を転々とした。四年生のとき、担任の水野実先生から「君は小説家になれ」といわれ作家を志望するようになる。以来、水野先生を「終生の恩人の第一人者」とした。小学校時代より文才にすぐれ、作文教育を重視した和田奈々吉校長に学校新聞の責任者を命じられたり、回覧雑誌を編集したりした。

大正五年（一九一六）　十三歳

西前小学校卒業、東京・木挽町《こびきちょう》六丁目二番地（現・銀座六丁目一二ノ一六）にあった山本周五郎商店（質屋で屋号をきねやといった）に徒弟として住み込む。洒落斎《しゃらくさい》を雅号としていた山本周五郎店主から深い影響をうけ、肉親の父以上に真実の父と感じるようになる。店主は以後、三十六が文壇に自立するまで、物心両面にわたってよき庇護《ひご》者であった。正則英語学校、大原簿記学校などに学んだほか、劇作、創作に励み、大正七年、十五歳のとき、手書きの回覧同人誌「金星」に加わり、清水逸平の筆名で作品を発表した。十六歳のとき「萬朝報」の懸賞応募小説『南桑川村』が佳作にあげられたという。

大正十二年（一九二三）　二十歳

徴兵年齢に達したが、右眼視力が弱く丙種合格。九月一日、関東大震災で罹災《りさい》、山本商店はいったん解散となったため、文学的新天地を求めるべく関西に向かった。大阪朝日新聞に「罹災記」を執筆、活字にはならなかったが、初めての稿料二十円を得た。豊岡の地方新聞社や神戸の小雑誌社に勤務。級友の姉が住んでいた須磨に寄寓した。翌十三年一月中旬、神戸生活を切り上げて上京、下谷黒門町に暫時下宿したのち、新橋の板新道の芸妓屋蔦廼家《つたのや》へ転居。八月までの間に、帝国興信所を母体とする日本魂社に入社、同社の会員雑誌「日本魂」の編集記者となる。ここで彦山光三（のち相撲評論家）を知る。

大正十五年・昭和元年（一九二六）　二十三歳

四月、須磨時代に得た体験をヒントにした『須磨寺附近』が、山本周五郎質店主の名をペンネームとして「文藝春秋」四月号に掲載され、文壇出世作となる。七月、中西屋の編集者井口長次（山手樹一郎）のすすめで「少女号」に初めての少女小説『小さいミケル』を書いた。十月四日、山本質店の長女でひそかに恋人と目していた志津（三輪田高女在学中）を盲腸炎で喪う。十八歳だった。十月二十日、脳溢血で母とく死去。

昭和三年（一九二八）　二十五歳

夏、千葉県浦安町へ移る。スケッチに出かけ風景が気に入ってそのまま住みついた、という。浦安から定期蒸気船で東京・高橋《たかばし》にあがり、そこから市電で桜橋にあった日本魂社に出社するとたいてい昼頃になった。出勤時間の特にうるさかった同社では異端の記者にみられ、十月二十五日、日本魂社を解職された。「余は勤先からの通知で職を逐われた。大きな打撃で少し参った」と日記に書きつけている。

昭和四年（一九二九）　二十六歳

春、東京市の懸賞児童映画脚本『春はまた丘へ』が入選、賞金五百円で二十日間の北海道旅行をこころみる。秋、浦安住まいにピリオドを打って東京へ戻り、虎ノ門の晩翠軒裏にあった仕立て屋の二階に下宿して創作に専念する。

昭和五年（一九三〇）　二十七歳
今井達夫との交友が始まる。十一月、宮城県亘理《わたり》郡吉田村出身の土生《はぶ》きよゑと結婚、神奈川県南腰越（現・鎌倉市）に新所帯を営む。「譚海《たんかい》」「少女世界」などに少年少女小説を執筆。

昭和六年（一九三一）　二十八歳
一月十五日、東京府下荏原郡馬込村（馬込東二丁目）に転居、しばらくして近所の馬込東（東京市大森区馬込東三丁目八四三番地）に移転。馬込移住は今井達夫、松沢太平（広津和郎の義弟）のすすめによるものであった。以後、昭和二十一年二月まで〝空想部落〟と称された〝馬込文士村〟の住人であった。つねに独自な存在だったため、尾崎士郎から「曲軒」というニックネームを献呈された。十一月、長男篌二《こうじ》生まれる。

昭和七年（一九三二）　二十九歳
五月、講談社発行の「キング」に、はじめて大人向けの娯楽小説『だだら団兵衛』を発表。

昭和八年（一九三三）　三十歳

この年から新進作家の絶好の腕くらべの舞台だった「アサヒグラフ」に二一枚の意欲的な短編を発表するようになる。一月、長女きよ生まれる。

昭和九年（一九三四）　三十一歳
五月『青べかを買う』、六月『驢馬馴《ろばな》らし』を俳誌「ぬかご」に発表。これは昭和三十五年の『青べか物語』の原形である。六月二十六日、父逸太郎、中風のため死去。この夏、関西、山陰、九州地方を彦山光三と旅行した。

昭和十年（一九三五）　三十二歳
六月、次女康子生まれる。九月『留さんとその女』、十月『お繁』を「アサヒグラフ」に発表。これらも『青べか物語』の祖形である。

昭和十一年（一九三六）　三十三歳
「キング」「譚海」「相撲」「婦人倶楽部」「雄弁」「新少年」「富士」「講談倶楽部」「講談雑誌」「少年倶楽部」等を主要な発表誌とするようになり、大衆作家としての地歩を固める。

昭和十五年（一九四〇）　三十七歳

四月『城中の霜』を「現代」に、九—十月『三十二刻』を「国の華」に、十月『松風の門』を「現代」に、同月『鍬とり剣法』を「講談雑誌」に、十一月『内蔵允《くらのすけ》留守』を「キング」に発表。ようやく才華ひらくの観がある。

昭和十七年（一九四二）　三十九歳

七月より「日本婦道記」シリーズを主として「婦人倶楽部」に、昭和二十年十一、十二月合併号まで執筆。総数三十一編に及び初期代表作となった。

昭和十八年（一九四三）　四十歳

第十七回直木賞に「日本婦道記」が推されたが辞退。この年も続けて「日本婦道記」シリーズ十二編を執筆。三月、次男徹が生まれる。

昭和十九年（一九四四）　四十一歳

戦局の逼迫につれ、作品の枚数は用紙統制で二十枚内外のものが多くなり、作品数も十八編に減少した。このころから〝山本ぶし〟を打破しようとする苦闘がはじまる。新進時代にみられた作品の出来の不揃いも目立って少なくなった。

昭和二十年（一九四五）　四十二歳

長女と次女は学童疎開、長男は空襲下に一時行方不明。五月四日、乳幼児の末っ子徹を残して妻きよゑが膵臓癌《すいぞうがん》で死去（きよゑが病臥したのは東京大空襲の三月九日だった）。空襲は激しく、戦時下の物資欠乏もはなはだしく、柩を製作する木材も無かったので、よんどころなく本棚をほどいて応急の棺桶をつくり、近所の薪炭屋に借りたリヤカーに遺体を乗せ、山本、秋山青磁（写真作家・またいとこ）、添田知道の二人で桐ヶ谷の火葬場まで運び、荼毘《だび》に付した。

昭和二十一年（一九四六）　四十三歳
一月、自宅の筋向かいに住む吉村きんと結婚。二月、馬込東三丁目から横浜市中区本牧元町二三七番地に転居。

昭和二十三年（一九四八）　四十五歳
この春、自宅から市電の停留所で三つ離れた中区間門《まかど》町の旅館・間門園の奥の六番の間を仕事場として使うようになる。

昭和二十七年（一九五二）　四十九歳
三月、『よじょう』を「週刊朝日陽春読物号」に発表した。ラヴェル作曲「ダフニスとクロエ」に技法上のヒントを得た作品で、「後半期の道をひらいてくれた」と作者自身が回想している。戦後の創作活動の大きなエポックであった。

昭和二十九年（一九五四）　五十一歳

七月から翌年四月まで日本経済新聞に『樅《もみ》ノ木は残った』（第一部、第二部）を連載。数十年来のテーマで、作者の名をたかめる代表作となった。この取材のため六月と十一月、宮城県各地を旅行した。十一月下旬、間門園別棟の独立家屋に移り、以後はほとんどひとりで暮らすようになる。

昭和三十一年（一九五六）　五十三歳

三月から九月まで『原田甲斐―続樅ノ木は残った』（第三部、第四部の冒頭）を日本経済新聞に連載。以後は書き下ろしで書きつづける。十二月、エッセイ『暗がりの弁当』を朝日新聞に発表。得意とした〝歳末随筆〟の白眉である。作者はみずから〝歳末作家〟のひとりをもって任じていた。

昭和三十三年（一九五八）　五十五歳

『樅ノ木は残った』第四部以下を書き下ろしで完結、講談社から刊行した。

昭和三十四年（一九五九）　五十六歳

このころからテレビ局各社のテレビ劇化の攻勢が激しくなり、ラジオ東京テレビ（現・TBS）から「山本周五郎アワー」が放映されて話題を呼んだ。三月「樅ノ木は残った」が中村吉右衛門劇団により明治座で舞台化。九月「ゆうれい貸屋」が尾上菊五郎劇団により明治座で上演された（清水俊二・矢田弥八脚本）。また『樅ノ木は残った』が毎日出版文化賞を受けたが作者は辞退した（出版社のみ受賞）。五月二十五日、長女きよが松野定男と結婚。

昭和三十五年（一九六〇）　五十七歳

一月から『青べか物語』を「文藝春秋」（十二月完結）に連載、代表作のひとつとなった。六月「暴れん坊兄弟（思い違い物語）」が東映で映画化。

昭和三十六年（一九六一）　五十八歳

二月『青べか物語』が文藝春秋読者賞に推されたが辞退。「私はつねづね多くの読者諸氏と、各社編集部、また批評家諸氏から過分の賞をいただいており、それで十分以上に恵まれている」（『文藝春秋読者賞を辞すの弁』）と書いた。三月から『虚空遍歴』を「小説新潮」に連載（昭和三十八年二月完結）。四月、『虚空遍歴』取材のため北陸地方を旅行した。五月、中央大学で「歴史と文学」と題して講演。五月十二日、長男篌二が小林ちえ子と結婚。

昭和三十七年（一九六二）　五十九歳
四月『季節のない街』を朝日新聞に連載（十月完結）。作品数はとみに少なくなり、この年発表したのは六編のみであった。映画化は多く、一月「椿三十郎（日日平安）」が東宝で、六月「青べか物語」が東京映画で、また六月「ちいさこべ」が東映で、九月「青葉城の鬼（樅ノ木は残った）」が大映で公開され、いずれもベストテンにランクされた。

昭和三十八年（一九六三）　六十歳
一月四日より七月五日まで『さぶ』を「週刊朝日」に連載。八月『山本周五郎全集（全十三巻）』を講談社より刊行（三十九年八月完結）するなど〝静かなるブーム〟の到来と称された。八月、北陸地方を再遊。

昭和三十九年（一九六四）　六十一歳
六月から『ながい坂』を「週刊新潮」に連載（昭和四十一年一月八日号まで）。この年、小説は二月完結の『滝口』と合わせての四編だけである。一方で、三月「さぶ」が日活で、十一月「五瓣の椿」が松竹で映画化されたほか、六月「季節のない街」（前進座・新橋演舞場）、七月「ちいさこべ」（劇団ひまわり・東横ホール）等が続々公演され、文名はますますポピュラーなものとなった。十二月十日、次女康子が金子徳衛と結婚。同十五日、間門園の仕事場から外出しようとして踏み段で転落、肋骨二本を折るという怪我のあと、健康が急速に衰える。

昭和四十年（一九六五）　六十二歳
この年、創作は『ながい坂』一本のみという打ち込み方であった。四月「赤ひげ（赤ひげ診療譚）」が東宝で映画化。

昭和四十一年（一九六六）　六十三歳
しばしば心臓の発作に悩み、長年の飲酒で肝臓機能も衰える。

昭和四十二年（一九六七）　享年六十三歳
一月八日から二月二十六日の朝日新聞日曜版に、『おごそかな渇き』を八回分まで連載中、二月十四日、肝炎と心臓衰弱のため、間門園別棟の仕事場で、午前七時十分死去。戒名恵光院周嶽文窓居士。神奈川県鎌倉市の朝比奈峠にある鎌倉霊園に葬られた。五月『山本周五郎小説全集（全三十三巻・別巻五巻）』が新潮社より刊行開始、四十五年六月完結。

木村久邇典　作成

山本周五郎著作一覧

＊一九九四年九月現在。新潮文庫に収録された作品に限った。

【長編】

樅ノ木は残った（上・下）
柳橋物語・むかしも今も
五瓣の椿
赤ひげ診療譚
さぶ
虚空遍歴（上・下）
正雪記
ながい坂（上・下）
栄花物語
天地静大
山彦乙女
寝ぼけ署長
彦左衛門外記
楽天旅日記
風流太平記
火の杯
新潮記
風雲海南記

【中・短編集】

小説　日本婦道記（松の花　箭竹　梅咲きぬ　不断草　藪の蔭　糸車　風鈴　尾花川　桃の井戸　墨丸　二十三年）
青べか物語
季節のない街
大炊介始末（ひやめし物語　山椿　おたふくよじょう　大炊介始末　こんち午の日　なんの花か薫る　牛　ちゃん　落葉の隣り）
日日平安（城中の霜　水戸梅譜　嘘アつかねえ　日日平安　しじみ河岸　ほたる放生　末っ子　屏風はたたまれた　橋の下　若き日の摂津守　失蝶記）
おさん（青竹　夕靄の中　みずぐるま　葦は見ていた　夜の辛夷　並木河岸　その木戸を通って　おさん　偸盗　饒舌り過ぎる）
おごそかな渇き（蕭々十三年　紅梅月毛　野分　雨あがる　かあちゃん　将監さまの細

みち　鶴は帰りぬ　あだこ　もののけ　おごそかな渇き）
つゆのひぬま（武家草鞋　おしゃべり物語　山女魚　妹の縁談　大納言狐　水たたき　凍てのあと　つゆのひぬま　陽気な客）
ひとごろし（壺　暴風雨の中　雪と泥　鵜　女は同じ物語　しゅるしゅる　裏の木戸はあいている　地蔵　改訂御定法　ひとごろし）
松風の門（松風の門　鼓くらべ　狐　評釈堪忍記　湯治　ぼろと釵　砦山の十七日　夜の蝶　釣忍　月夜の眺め　薊　醜聞　失恋第五番）
深川安楽亭（内蔵允留守　蜜柑　おかよ　水の下の石　上野介正信　真説吝嗇記　百足ちがい　四人囃し　深川安楽亭　あすなろう　十八条乙　枡落し）
ちいさこべ（花筵　ちいさこべ　ちくしょう谷　へちまの木）
あとのない仮名（討九郎馳走　義経の女　主計は忙しい　桑の木物語　竹柏記　妻の中の女　しづやしづ　あとのない仮名）
四日のあやめ（ゆだん大敵　契りきぬ　はたし状　貧窮問答　初夜　四日のあやめ　古今集巻之五　燕　榎物語）
町奉行日記（土佐の国柱　晩秋　金五十両　落ち梅記　寒橋　わたくしです物語　修業綺譚　法師川八景　町奉行日記　霜杜）
一人ならじ（三十二刻　殉死　夏草戦記　さるすべり　薯粥　石ころ　兵法者　一人ならじ　楯輿　柘榴　青嵐　おばな沢　茶摘は八十八夜から始まる　花の位置）
人情裏長屋（おもかげ抄　三年目　風流化物屋敷　人情裏長屋　泥棒と若殿　長屋天一坊　ゆうれい貸屋　雪の上の霜　秋の駕籠　豹　麦藁帽子）
花杖記（武道無門　良人の鎧　御馬印拝借　小指　備前名弓伝　似而非物語　逃亡記　肌匂う　花杖記　須磨寺附近）
扇野（夫婦の朝　合歓木の蔭　おれの女房　めおと蝶　つばくろ　扇野　三十ふり袖　滝口　超過勤務）

あんちゃん（いさましい話　菊千代抄　思い違い物語　七日七夜　凌霄花　あんちゃん　ひとでなし　藪落し）

やぶからし（入婿十万両　抜打ち獅子兵衛　蕗問答　笠折半九郎　避けぬ三左　鉢の木　孫七とずんど　菊屋敷　山だち問答　「こいそ」と「竹四郎」　やぶからし　ばちあたり）

花も刀も（落武者日記　若殿女難記　古い樫木　花も刀も　枕を三度たたいた　源蔵ケ原　溜息の部屋　正体）

雨の山吹（暗がりの乙松　喧嘩主従　彩虹　恋の伝七郎　山茶花帖　半之助祝言　雨の山吹　いしが奢る　花咲かぬリラの話　四年間）

月の松山（お美津簪　羅刹　松林蝙也　荒法師　初蕾　壱両千両　追いついた夢　月の松山　おたは嫌いだ　失恋第六番）

花匂う（宗太兄弟の悲劇　秋風不帰　矢押の樋　愚鈍物語　明暗嫁問答　椿説女嫌い　花匂う　蘭　渡の求婚　出来ていた青酒・盃・徳利）

艶書（だだら団兵衛　槍術年代記　本所霙河岸　金作行状記　憎いあん畜生　城を守る者　五月雨日記　宵闇の義賊　艶書　可笑記　花咲かぬリラ）

菊月夜（其角と山賊と殿様　柿　花宵　おもかげ　菊月夜　一領一筋　蜆谷　忍術千一夜　留さんとその女　蛮人）

朝顔草紙（無頼は討たず　朝顔草紙　違う平八郎　粗忽評判記　足軽奉公　義理なさけ　梅雨の出来事　鍔鳴り平四郎　青べかを買う　秋風の記　お繁　うぐいす）

夜明けの辻（嫁取り二代記　遊行寺の浅　夜明けの辻　梅月夜　熊野灘　平八郎聞書　御定法　勘弁記　葦　荒涼の記　〔戯曲〕大納言狐）

髪かざり（笄堀　忍緒　襖　春三たび　障子　阿漕の浦　頬　横笛　郷土　雪しまく峠　髪かざり　菊の系図　壱岐ノ島　竹槍　蜜柑畑　二粒の飴　萱笠）

生きている源八（熊谷十郎左　西品寺鮪介

足軽槍一筋　藤次郎の恋　聞き違い　新女峡祝言　立春なみだ橋　豪傑ばやり　生きている源八　虎を怖るる武士　驢馬馴らし　〔戯曲〕破られた画像）
人情武士道（曾我平九郎　痼癖料二十四万石　竹槍念仏　風車　驕れる千鶴　武道用心記　しぐれ傘　竜と虎　大将首　人情武士道　猿耳　家常茶飯）
酔いどれ次郎八（彦四郎実記　浪人一代男　牡丹花譜　酔いどれ次郎八　武道仮名暦　鳥　与茂七の帰藩　あらくれ武道　江戸の土圭師　風格　人間紛失）
与之助の花（恋芙蓉　孤島　非常の剣　礫又七　武道宵節句　一代恋娘　奇縁無双　春いくたび　与之助の花　万太郎船　噴上げる花　友のためではない　世間）

【随筆集】

雨のみちのく・独居のたのしみ（I雨のみちのく　三十年後の青べか　「青べか」について　作品の跡を訪ねて　米と貧しさ　旅館について　横浜伊勢佐木町　アメリカの町ヨコハマ　或る令嬢たち　昔のままの石垣　季節のない街　それが来る　II某月某日　胃袋パトロール　写真嫌い　全部エヌ・ジイ　某月某日　ちんばの踏段　独居のたのしみ　八百長について　酒も食べ物も　笑われそうな話　行水と自炊　日録　ブドー酒・哲学・アイスクリーム　好みの移り変り　電機製品について　朝めし　お手洗　わが野鳥たち　思い違い　年齢について　三十余年目の休養　III北へ傾がった家　歳晩雑感　暗がりの弁当　六月おおみそか説　酒屋の夜逃げ　年の瀬の音　景気のこちら側　からっぽの簞笥　金銭について　極貧者たちの喜びと怒りを　豆腐屋のラッパ　人生の冬・自然の冬）
酒みずく・語る事なし《『小説の効用・青べか日記』改題》（I小説の効用　歴史か小説か　作品雑感　大衆文学芸術論？　小説の芸術性　「面白さ」の立場から　中島健蔵氏に問う　歴史と文学　歴史的事実と文

学的真実　小説と事実　断片―昭和二十五年のメモより　無限の快楽　すべては「これから」　お便り有難う　型もののご趣向と演技　旧帝劇の回想　Ⅱ多忙　飛躍にも表と蔭　性分　武士道の精髄　国史に残る忍城の教訓　武家の食生活　めがねと四十年と　酒みずく　Ⅲ堀口さんとメドック　土岐雄三著『カミさんと私』出版記念会でのあいさつ　跋に代えて　小説「よじょう」の恩人　畏友山手樹一郎へ　江分利満氏のはにかみ　あきせいの今昔　語る事なし　Ⅳ直木三十五賞「辞退のこと」　毎日出版文化賞辞退寸言　文藝春秋読者賞を辞すの弁　作者の言葉　Ⅴ青べか日記　Ⅵ著者と一時間　現代養生訓〈高橋義孝との対談〉　作家の素顔〈河盛好蔵との対談〉

新潮文庫編
文豪ナビ 山本周五郎

乾いた心もしっとり。涙と笑いのツボ押し名人――現代の感性で文豪作品に新たな光を当てた、驚きと発見がいっぱいの読書ガイド。

山本周五郎著
赤ひげ診療譚

貧しい者への深き愛情から〝赤ひげ〟と慕われる、小石川養生所の新出去定。見習医師との魂のふれあいを描く医療小説の最高傑作。

山本周五郎著
青べか物語

うらぶれた漁師町・浦粕に住み着いた私はボロ舟「青べか」を買わされた――。狡猾だが世話好きの愛すべき人々を描く自伝的小説。

山本周五郎著
五瓣の椿

連続する不審死。胸には銀の釵が打ち込まれ、傍らには赤い椿の花びら。おしのの復讐は完遂するのか。ミステリー仕立ての傑作長編。

山本周五郎著
柳橋物語・むかしも今も

幼い恋を信じた女を襲う悲運「柳橋物語」。愚直な男が摑んだ幸せ「むかしも今も」。男女それぞれの一途な愛の行方を描く傑作二編。

山本周五郎著
大《おお》炊《いの》介《すけ》始末

自分の出生の秘密を知った大炊介が、狂態を装って父に憎まれようとする姿を描く「大炊介始末」のほか、「よじょう」等、全10編を収録。

山本周五郎著

日本婦道記

厳しい武家の定めの中で、愛する人のために生き抜いた女性たちの清々しいまでの強靭さと、凜然たる美しさや哀しさが溢れる31編。

山本周五郎著

日日平安

橋本左内の最期を描いた「城中の霜」、武士のまごころを描く「水戸梅譜」、お家騒動をユーモラスにとらえた「日日平安」など、全11編。

山本周五郎著

さぶ

職人仲間のさぶと栄二。濡れ衣を着せられ捨鉢になる栄二を、さぶは忍耐強く支える。友情を通じて人間のあるべき姿を描く時代長編。

山本周五郎著

虚空遍歴（上・下）

侍の身分を捨て、芸道を究めるために一生を賭けて悔いることのなかった中藤冲也——苛酷な運命を生きる真の芸術家の姿を描き出す。

山本周五郎著

季節のない街

生きてゆけるだけ、まだ仕合わせさ——。貧民街で日々の暮らしに追われる住人たちの15の悲喜を描いた、人生派・山本周五郎の傑作。

山本周五郎著

おさん

純真な心を持ちながら男から男へわたらずにはいられないおさん——可愛いおんなであるがゆえの宿命の哀しさを描く表題作など10編。

山本周五郎著

おごそかな渇き

〝現代の聖書〟として世に問うべき構想を練った絶筆「おごそかな渇き」など、人生の真実を求めてさすらう庶民の哀歓を謳った10編。

山本周五郎著

ながい坂（上・下）

人生は、長い坂。重い荷を背負い、一歩一歩、確かめながら上るのみ――。一人の男の孤独で厳しい半生を描く、周五郎文学の到達点。

山本周五郎著

つゆのひぬま

娼家に働く女の一途なまごころに、虐げられた不信の心が打負かされる姿を感動的に描いた人間讃歌「つゆのひぬま」等9編を収める。

山本周五郎著

ひとごろし

藩一番の臆病者といわれた若侍が、奇想天外な方法で果した上意討ち！　他に〝無償の奉仕〟を描く「裏の木戸はあいている」等9編。

山本周五郎著

栄花物語

非難と悪罵を浴びながら、頑ななまでに意志を貫いて政治改革に取り組んだ老中田沼意次父子を、時代の先覚者として描いた歴史長編。

山本周五郎著

天地静大（上・下）

変革の激浪の中に生き、死んでいった小藩の若者たち――幕末を背景に、人間の弱さ、空しさ、学問の厳しさなどを追求する雄大な長編。

山本周五郎著

町奉行日記

一度も奉行所に出仕せずに、奇抜な方法で難事件を解決してゆく町奉行の活躍を描く表題作ほか、「寒橋」など傑作短編10編を収録する。

山本周五郎著

一人ならじ

合戦の最中、敵が壊そうとする橋を、自分の足を丸太代りに支えて片足を失った武士を描く表題作等、無名の武士の心ばえを捉えた14編。

山本周五郎著

人情裏長屋

居酒屋で、いつも黙って飲んでいる一人の浪人の胸のすく活躍と人情味あふれる子育ての物語「人情裏長屋」など、〝長屋もの〟11編。

山本周五郎著

花杖記

父を殿中で殺され、家禄削減を申し渡された加乗与四郎が、事件の真相をあばくまでの記録「花杖記」など、武家社会を描き出す傑作集。

山本周五郎著

扇野

なにげない会話や、ふとした独白のなかに男女のふれあいの機微と、人生の深い意味を伝える〝愛情もの〟の秀作9編を選りすぐった。

山本周五郎著

寝ぼけ署長

署でも官舎でもぐうぐう寝てばかりの〝寝ぼけ署長〟こと五道三省が人情味あふれる方法で難事件を解決する。周五郎唯一の警察小説。

山本周五郎著
あんちゃん
妹に対して道ならぬ感情を持った兄の苦悶とその思いがけない結末を通して、人間関係の不思議さを凝視した表題作など8編を収める。

山本周五郎著
彦左衛門外記
身分違いを理由に大名の姫から絶縁された旗本が、失意の内に市井に隠棲した大伯父を天下の御意見番に仕立て上げる奇想天外の物語。

山本周五郎著
やぶからし
幸せな家庭や子供を捨ててまで、勘当された放蕩者の前夫にはしる女心のひだの裏側を抉った表題作ほか、「ばちあたり」など全12編。

山本周五郎著
花も刀も
剣ひと筋に励みながら努力が空回りし、ついには意味もなく人を斬るまでの、平手幹太郎（造酒）の失意の青春を描く表題作など8編。

山本周五郎著
楽天旅日記
お家騒動の渦中に投げ込まれた世間知らずの若殿の眼を通し、現実政治に振りまわされる人間たちの愚かさとはかなさを諷刺した長編。

山本周五郎著
雨の山吹
子供のある家来と出奔し小さな幸福にすがって生きる妹と、それを斬りに遠国まで追った兄との静かな出会い――。表題作など10編。

山本周五郎著
月の松山

あと百日の命と宣告された武士が、己れを醜く装って師の家の安泰と愛人の幸福をはかろうとする苦渋の心情を描いた表題作など10編。

山本周五郎著
花匂う

幼なじみが嫁ぐ相手には隠し子がいる。それを教えようとして初めて直弥は彼女を愛する自分の心を知る。奇縁を語る表題作など11編。

山本周五郎著
風流太平記

江戸後期、ひそかにイスパニアから武器を密輸して幕府転覆をはかる紀州徳川家。この大陰謀に立ち向かう花田三兄弟の剣と恋の物語。

山本周五郎著
艶書

七重は出三郎の袂に艶書を入れるが、誰からか気付かれないまま他家へ嫁してゆく。廻り道してしか実らぬ恋を描く表題作など11編。

山本周五郎著
菊月夜

江戸詰めの間に許婚の一族が追放されるという運命にあった男が、事件の真相を探り許婚と劇的に再会するまでを描く表題作など10編。

山本周五郎著
朝顔草紙

顔も見知らぬ許婚同士が、十数年の愛情をつらぬき藩の奸物を討って結ばれるまでを描いた表題作ほか、「違う平八郎」など全12編収録。

山本周五郎著

夜明けの辻

藩の内紛にまきこまれた二人の青年武士の、友情の破綻と和解までを描いた表題作や、〝こっけい物〟の佳品「嫁取り二代記」など11編。

山本周五郎著

樅ノ木は残った（上・中・下）

毎日出版文化賞受賞

仙台藩主・伊達綱宗の逼塞。藩士四名の暗殺と幕府の罠――。伊達騒動で暗躍した原田甲斐の人間味溢れる肖像を描き出した歴史長編。

山本周五郎著

生きている源八

どんな激戦に臨んでもいつも生きて還ってくる兵庫源八郎。その細心にして豪胆な戦いぶりに作者の信念が託された表題作など12編。

山本周五郎著

人情武士道

昔、縁談の申し込みを断られた女から夫の仕官の世話を頼まれた武士がとる思いがけない行動を描いた表題作など、初期の傑作12編。

山本周五郎著

酔いどれ次郎八

上意討ちを首尾よく果たした二人の武士に襲いかかる苛酷な運命のいたずらを通し、著者の人間観を際立たせた表題作など11編を収録。

山本周五郎著

風雲海南記

西条藩主の家系でありながら双子の弟に生まれたため幼くして寺に預けられた英二郎が、御家騒動を陰で操る巨悪と戦う。幻の大作。

山本周五郎著
与之助の花
ふとした不始末からごろつき侍にゆすられる身となった与之助の哀しい心の様を描いた表題作ほか、「奇縁無双」など全13編を収録。

山本周五郎著
ならぬ堪忍
生命を賭けるに値する真の〝堪忍〟とは——。「ならぬ堪忍」他「宗近新八郎」「鏡」など、著者の人生観が滲み出る戦前の短編全13作。

山本周五郎著
正雪記（上・下）
染屋職人の倅から、〝侍になる〟野望を抱いて出奔した正雪の胸に去来する権力への怒り。超大な江戸幕府に挑戦した巨人の壮絶な生涯。

柴田錬三郎著
眠狂四郎無頼控（一〜六）
封建の世に、転びばてれんと武士の娘との間に生れ、不幸な運命を背負う混血児眠狂四郎。時代小説に新しいヒーローを生み出した傑作。

柴田錬三郎著
赤い影法師
寛永の御前試合の勝者に片端から勝負を挑み、風のように現れて風のように去っていく非情の忍者〝影〟。奇抜な空想で彩られた代表作。

柴田錬三郎著
眠狂四郎孤剣五十三次（上・下）
幕府に対する謀議探索の密命を帯びて、東海道を西に向かう眠狂四郎。五十三の宿駅に待つさまざまな刺客に対峙する秘剣円月殺法！

藤沢周平著

用心棒日月抄

故あって人を斬り脱藩、刺客に追われながらの用心棒稼業。が、巷間を騒がす赤穂浪人の動きが又八郎の請負う仕事にも深い影を……。

藤沢周平著

竹光始末

糊口をしのぐために刀を売り、竹光を腰に仕官の条件である上意討へと向う豪気な男。表題作の他、武士の宿命を描いた傑作小説5編。

藤沢周平著

時雨のあと

兄の立ち直りを心の支えに苦界に身を沈める妹みゆき。表題作の他、江戸の市井に咲く小哀話を、繊麗に人情味豊かに描く傑作短編集。

藤沢周平著

冤（えんざい）罪

勘定方相良彦兵衛は、藩金横領の罪で詰め腹を切らされ、その日から娘の明乃も失踪した……。表題作はじめ、士道小説9編を収録。

藤沢周平著

橋ものがたり

様々な人間が日毎行き交う江戸の橋を舞台に演じられる、出会いと別れ。男女の喜怒哀楽の表情を瑞々しい筆致に描く傑作時代小説。

藤沢周平著

密謀（上・下）

天下分け目の関ケ原決戦に、三成と密約がありながら上杉勢が参戦しなかったのはなぜか？ 歴史の謎を解明する話題の戦国ドラマ。

新潮文庫最新刊

山田詠美著
血も涙もある
35歳の桃子は、当代随一の料理研究家・喜久江の助手であり、彼女の夫・太郎の恋人である――。危険な関係を描く極上の詠美文学！

帚木蓬生著
沙林　偽りの王国（上・下）
医師であり作家である著者にしか書けないサリン事件の全貌！　医師たちはいかにテロと闘ったのか。鎮魂を胸に書き上げた大作。

津村記久子著
サキの忘れ物
病院併設の喫茶店で、常連の女性が置き忘れた本を手にしたアルバイトの千春。その日から人生が動き始め……。心に染み入る九編。

彩瀬まる著
草原のサーカス
データ捏造に加担した製薬会社勤務の姉、仕事仲間に激しく依存するアクセサリー作家の妹。世間を揺るがした姉妹の、転落後の人生。

西村京太郎著
鳴門の渦潮を見ていた女
渦潮の観望施設「渦の道」で、元刑事の娘が誘拐された。解放の条件は警視総監の射殺！　十津川警部が権力の闇に挑む長編ミステリー。

町田そのこ著
コンビニ兄弟3
―テンダネス門司港こがね村店―
〝推し〟の悩み、大人の友達の作り方、忘れられない痛い恋。門司港を舞台に大人たちの物語が幕を上げる。人気シリーズ第三弾。

泣《な》き言《ごと》はいわない

新潮文庫 や-2-58

平成 六 年十一月 一 日 発 行
平成二十一年四月 十 日 十七刷改版
令和 五 年九月二十五日 二十五刷

著 者 山《やま》本《もと》周《しゅう》五《ご》郎《ろう》

発行者 佐藤隆信

発行所 株式会社 新潮社

郵便番号 一六二―八七一一
東京都新宿区矢来町七一
電話 編集部(〇三)三二六六―五四四〇
読者係(〇三)三二六六―五一一一
https://www.shinchosha.co.jp

価格はカバーに表示してあります。

乱丁・落丁本は、ご面倒ですが小社読者係宛ご送付ください。送料小社負担にてお取替えいたします。

印刷・錦明印刷株式会社 製本・錦明印刷株式会社
Printed in Japan

ISBN978-4-10-113459-8 C0195